Dorina Horeczky

AF211514

Der liebe Gott,

der Heiler

und die bösen Gedanken

Originalausgabe
© 2004 Dorina Horeczky
Tiefenstein 67, D-79733 Görwihl
Tel.: 07754-1304, Fax: 07754-1734
Alle Rechte vorbehalten.

Konzept & Gestaltung:
allbux Buchservice
Postfach 10 11 17, D-69451 Weinheim
www.allbux.de

Umschlaggestaltung:
www.brandzeichner.de

Herstellung und Verlag:
Books on Demand GmbH, Norderstedt

Gedruckt in Deutschland.

ISBN 3-8334-1848-6

Inhalt

Vorwort

Die Menschheit befindet sich in einer viel größeren Gefahr als der eines Atomkrieges, nämlich in der Gefahr der geistigen Desintegration.

Die schlimmsten Verluste, die wir zu verzeichnen haben, sind die, die wir nicht wahrnehmen, weil sie erst im geistigen oder bioenergetischen Feld stattfinden. Das Verhängnisvolle ist, daß diese geschädigten bioenergetischen Felder sich auf die nächste Generation vererben, wo ihre Wirkung sich verstärkt. Das heißt, die nächste Generation zeigt eine stärkere Schädigung dieser Felder, also derjenigen Felder, die zuständig sind für die geistige, seelische und körperliche Gesundheit.

Mir ist nicht bekannt, daß die Gentechnologie gespeicherte Informationen entschlüsselt hätte, die das Schicksal eines Menschen oder einer Familie erklären würden.

Prof. Dr. Erich Blechschmidt, Anatom, Ontogenetiker und Embryologe, behauptet:

*"Heute ist es sicher, daß es spezifische Induktoren im Sinne einer Entwicklungsanregung von innen heraus **nicht** gibt.*

*Irrtümlicherweise wird vielfach angenommen, daß sich aus den Chromosomen der Verlauf der Differenzierungen ableiten ließe. Aus der Kenntnis der Chromosomenstruktur lassen sich die Entwicklungsvorgänge jedoch nicht deduzieren... Im Stoffwechsel des Keimes finden wir die Chromosomen, ebenso wie ihre Gene, **nicht dynamisch aktiv, sondern im Gegenteil passiv.***

*Die Gene sind **nicht** die Motoren der Entwicklung. Sie bringen nachweislich nicht selbst die späteren Merkmale des differenzierten Organismus hervor, auch nicht etwa indirekt auf dem Weg über die von ihnen gebildeten Enzyme."*

*„Genaue Untersuchungen der beim Menschen ablaufenden Differenzierungsvorgänge haben gezeigt, daß diese nicht vom Zellkern, sondern von der Zellgrenzmembran, das heißt **von außen**, eingeleitet werden."*

In einem anderen Teil seiner Arbeit sagt er:

"Differenzierungen sind unmittelbarer Ausdruck von Kräften im physikalischen Sinn und nicht von chemischen Eigenschaften besonderer Substanzen.

*Es gibt tatsächlich **Gestaltungskräfte**, aber **keine Gestaltungsstoffe**."*

*„Die Erhaltung der Individualität als eines schon **vorgegebenen Ganzen** ist eines der Grundprinzipien jeder Entwicklung."*

Meiner Meinung nach haben wir gerade die größte wissenschaftliche Entdeckung dieses Jahrhunderts gelesen. Denn es handelt sich um den **wissenschaftlichen Existenzbeweis** einer seelisch-geistigen Individualität mit all ihren charakterlichen Merkmalen, die schon **vor** der Geburt eines Menschen auf dieser Erde existierte, also **war**, und nach seinem Tod auch weiterhin **existent sein wird**.

Nehmen wir noch die Aussage des Atomphysikers Max Planck über das Wesen der Materie im physikalischen Sinn hinzu:

„Meine Herren,

als Physiker, also als ein Mann, der sein ganzes Leben der nüchternsten Wissenschaft, nämlich der Erforschung der Materie diente, bin ich sicher frei, für einen Schwarmgeist gehalten zu werden, und so sage ich Ihnen nach meinen Erforschungen des Atoms dieses:

Es gibt keine Materie an sich!

Alle Materie entsteht und besteht nur durch eine Kraft, welche die Atomteilchen in Schwingung bringt und sie zum winzigsten Sonnensystem des Atoms zusammenhält.

Da es aber im ganzen Weltall weder eine intelligente, noch eine ewige Kraft gibt, so müssen wir hinter dieser Kraft einen bewußten, intelligenten Geist annehmen.

Dieser Geist ist der Urgrund aller Materie!

Nicht die sichtbare, aber vergängliche Materie ist das Reale, Wahre, Wirkliche, sondern der unsichtbare, unsterbliche Geist ist das Wahre! Da es aber Geist an sich allein ebenfalls nicht geben kann, sondern jeder Geist einem Wesen gehört, müssen wir zwingend Geistwesen annehmen.

*Da aber Geistwesen nicht aus sich selber sein können, sondern geschaffen worden sein müssen, so scheue ich mich nicht, diesen geheimnisvollen Schöpfer ebenso zu benennen, wie ihn alle Kulturvölker der Erde früherer Jahrtausende genannt haben - **GOTT**."*

Das sind die Beweise, daß wir als Persönlichkeit schon seit Empfängnis, als Embryo, schon da sind, und **wir sind** diese Kraft (also unser **Ich**), die den Babykörper im Mutterleib formt. Letztlich ist es die Kraft **GOTTES**, die durch unsere Seele, unseren Leib gestaltet. Und das gemäß unserem zum Teil vorgezeichneten Schicksal wie auch gemäß unseren aus früheren Leben erworbenen Charaktereigenschaften.

Diese Informationen sind also **nicht im materiellen Körper** gespeichert, wie wir wissen, was sogar wissenschaftlich bewiesen werden konnte. Sie sind dennoch vorhanden, und es liegt auf der Hand, daß sie in einem energetischem Feld, unserem Körper angehörend, existent sind.

Es muß also eine Störung in einem dem physischen Körper übergeordneten Energiefeld existieren, bevor auch eine Krankheit, egal welcher Art, zustande kommen kann.

Die übliche Behandlung

Physiotherapeuten, Masseure, Gymnastiktherapeuten, Chiropraktiker usw. leisten bemerkenswerte Arbeit, um ein Knie- oder Schultergelenk wieder funktionsfähig zu bekommen. Das gelingt ihnen auch, leider, in den meisten Fällen nur für bedingte Zeit, meist Wochen oder Monate. Über kurz oder lang melden sich die bekannten körperlichen Beschwerden erneut.

Es ist aber meist der Fall, daß man richtig krank wird und auf die Hilfe eines Schulmediziners angewiesen ist. Man sollte bedenken, daß ein Arzt etwa 40 bis 60, manchmal über 100 Patienten täglich durch seine Praxis schleusen muß. Ein Arzt ist ein Schwerstarbeiter, dem noch vorgeworfen wird, er würde zuviel verdienen. – Es stimmt nicht so ganz. Zu dem täglichen Praxisstreß kommt noch der Bereitschaftsdienst, der ihn jederzeit aus seinem wohlverdienten Schlaf reißen kann. Beim besten Willen bleiben ihm weder Zeit noch Kraft für eine individuelle Behandlung, geschweige denn, alle subjektiven Beschwerden des Patienten sich anzuhören.

Auch die Schulmediziner nehmen den Trend der biologischen Medizin wahr, das bedeutet, sie zeigen sich bereit, biologische Medikamente zu verschreiben. Die Mittel, die sie verwenden, haben sich geändert, aber nicht ihre Einstellung der Krankheit gegenüber. Diese wird immer noch als ein Übel angesehen, das bekämpft werden muß. Sie weigern sich immer noch wahrzunehmen, daß ein Einzelorgan zu einem Organismus gehört, einem Menschen also, dem eine Seele und ein göttlicher Geist innewohnt.

Nehmen wir eine alltägliche Krankengeschichte:

Ein Patient mit einer fieberhaften, eitrigen Mandelentzündung in akutem Zustand sucht eine schulmedizinische Allgemeinarztpraxis auf.
Er bekommt Antibiotika und Fieberzäpfchen. Wie erwartet, die akuten Beschwerden gehen rasch zurück. Trotzdem klagt er noch Wochen danach über ein schlechtes Allgemeinbefinden, denn durch die Antibiotika wurde die Darmbakterienflora geschädigt; das führt zu schlechtem Stuhlgang. Dazu kommt Appetitlosigkeit, Kopfweh, Schweißausbrüche und Schwächeanfälle.
Diese Symptome werden wiederum vom Arzt mit Abführmitteln, Kopfschmerzmittel (Nebenwirkungen auf Leber und Nieren) behandelt, mit einem bescheidenen Erfolg, denn es treten neue Beschwerden auf wie Schwindel, und/oder Nierenbeschwerden mit Bakterien im Urin.
Es folgt eine erneute Verordnung von Antibiotika und ein Diuretikum (mit Nebenwirkungen), so daß der Patient sich vorübergehend besser fühlt.
Nach ein paar Wochen findet einen Rückfall der akuten Mandelentzündung statt, der wieder mit Antibiotika und fiebersenkenden Mitteln behandelt wird. Diesmal läßt die Besserung auf sich warten und tritt erst nach zwei, drei Wochen ein.
Nach einiger Zeit wieder ein Rückfall, wieder mit Arbeitsunfähigkeit.
Nach der erfolglosen Bekämpfung der Krankheit wird die Entfernung des kranken Organs beschlossen. Die Mandeln werden entfernt, acht Tage Krankenhausaufenthalt.
Trotzdem leidet der Patient weiter an wiederkehrenden Halsentzündungen, Verdauungsbeschwerden, Stuhlgangproblemen sowie chronischer Bronchitis. Er bekommt weiterhin Antibiotika, Abführ- und Hustenmittel. Sein Allgemeinzustand bessert sich nicht wesentlich.

Nach ein paar Monaten akute Blinddarmentzündung: Operation, 14 Tage Krankenhausaufenthalt.

Nach einigen weiteren Monaten wieder Verschlechterung des Gesundheitszustandes, die chronischen Beschwerden nehmen zu, neue entstehen, der gesamte Organismus "kränkelt".

Der Patient verzweifelt, weil es ihm schon seit Jahren schlecht geht. Vielleicht sucht er jetzt Hilfe bei einem Heilpraktiker.

<u>Wir nehmen den gleichen alltäglichen Krankheitsfall; diesmal geht der Patient erstmals zu einem guten Heilpraktiker oder Naturmediziner.</u>

Die Krankheit wird nicht bekämpft, sondern als notwendiges Übel zur Entgiftung des Körpers angesehen. Es geht darum, die Abwehr des Körpers zu unterstützen und seine Reinigungsmechanismen nicht zu unterdrücken.

Wahrscheinlich werden die eitrigen Mandeln abgesaugt, bis zum Abklingen des Fiebers Bettruhe verordnet. Ist das Fieber zu hoch, wird es durch Wadenwickel, Ganzkörperwaschung oder Einlauf gesenkt. Ist es zu niedrig, wird es durch Schwitzpackungen, ansteigende Fußbäder, heiße Tees gefördert.

Eine gründliche Darmreinigung sowie Tee- oder Saftfasten würden die Entgiftung des kranken Organismus unterstützen. Halswickel mit Quark, Meersalz, verdünnter Zitronensaft, Kartoffelpüree unterstützen die natürliche Heilung der Mandeln. Durch pflanzliche Mittel wird das Immunsystem gestärkt.

Nach der Fastenkur wird leichte, einfache Frischkost dem Körper zugefügt. Der Patient ist geheilt .

<u>Auch für den Laien ist es interessant, einen Kostenvergleich zu erstellen:</u>

Im Laufe der Jahre war der schulmedizinisch betreute Patient etwa 40 bis 45mal beim Arzt, hat viele unnötige Laboruntersuchungen hinter sich, viele teure Medikamente schlucken müssen, und in unserem Fall 22 Tage Krankenhausaufenthalt, zwei Operationen und etwa 90 Tage Arbeitsausfall durch häufige Erkrankungen und Krankenhausaufenthalte. Die gesetzliche Krankenkasse müßte etwa 6.000 bis 8.000 Euro zahlen, wenn ich das richtig schätze. – Das Wichtigste: Der Patient kränkelt weiter, hat nicht nur durch Organentfernung mittelschwere bis schwere Gesundheitsschäden davongetragen.

Heilpraktiker- oder Naturarztbetreuung, gründliche Untersuchung, Beratung, Fastenberatung, also Arzthonorar 60 bis 160 DM. Angenommen, es werden Medikamente und Tees eingesetzt: diese kosten etwa 100 DM. Arbeitsausfall, je nach Schwere der Erkrankung, zwischen einer Woche und 20 Tagen. Der Patient braucht nur einen Arztbesuch und spart während der Fastenzeit (sieben Tage) die Kosten für Lebensmittel. – Das Wichtigste: Der Patient ist gesund und leistungsfähig, hat keine wichtigen Organe durch Operationen verloren.

Immer wieder hören wir die Argumentation: *"Warum soll ich jetzt einen Heilpraktiker, einen Naturmediziner oder sogar einen Heiler aufsuchen? So viele Jahre habe ich Krankenversicherungsbeiträge bezahlt! Jetzt soll die Krankenkasse auch zu ihren Leistungen stehen und mir das Gesundwerden zahlen!"* – Das ist eine berechtigte Erwartung. Sie sind im Recht, wenn sie das erwarten.
Was tun aber, wenn Ihre Krankenkasse nur die Leistungen bezahlt, die sie für richtig findet, und nicht das, was Sie denken, daß Sie brauchen?
Was tun, wenn Ihre Krankenkasse Operation, Chemotherapie und Bestrahlung bezahlt, aber nicht eine biologische, erfolgreiche Krebstherapie?
Dann werden Sie erkennen, daß es nicht darum geht, ob Sie recht haben mit Ihren berechtigten Erwartungen. Es geht um mehr! Es geht um Ihre Gesundheit, unter Umständen geht es um Ihr Leben.

Soweit über den Bereich der uns allgemein bekannten Medizin und ihre Möglichkeiten, oder noch besser gesagt, ihre Bereitschaft und Pflicht, unseren materiellen Körper zu heilen.

Wie der Heiler nicht arbeiten soll

Wir sind aber eine Einheit aus Körper, Seele und Geist, der der materielle Körper unterstellt ist. Das bedeutet, daß ein Arzt sich nicht nur auf körperliche Beschwerden beschränken darf, wenn er einen Patienten behandelt.

An der Grenze, aber noch nicht zu den körperlichen Beschwerden gehörig, sind: schlechte Angewohnheiten, Geisteskrankheiten, Süchte, traumatische Erlebnisse, Fehlentscheidungen, Schicksalsschläge. Aber wo finden wir die Ursachen, die Wurzel aller oben aufgezählter Probleme und Krankheiten? Im bioenergetischen Feld, zum seelischen Bereich gehörend, das jeden Menschen in mehreren Schichten umgibt.

Ein Auraspezialist würde ausgiebig in Details gehen und jede Auraschicht ausgiebig behandeln. Er würde mir auf jeden Fall recht geben, daß diese Schichten miteinander und ineinander verwoben sind, sich gegenseitig energetisch beeinflussen und eine entscheidende Rolle für das allgemeine körperliche Befinden spielen können.

Wir sind hier einer sehr wichtigen Sache auf der Spur. Die Deformierungen energetischer Felder sind zuständig für die Krankheiten, den Charakter sowie das Schicksal eines Menschen.

In den energetischen Feldern eines Menschen sind nicht nur die Informationen die sich in seiner DNS manifestieren, sondern auch alle anderen, die sein Schicksal, Krankheiten sowie seine Kontakte mit anderen Menschen sowie zu seiner Umwelt bestimmen, enthalten.

Das bedeutet, man braucht nur diese Felder zu ändern, um ein ganz anderer Mensch als vorgesehen zu werden. – **Bingo! Das ist** *die* **Entdeckung!** Jetzt kann man richtig Gott spielen: Krankheiten auflösen, Pech bannen, Unglück wegradieren, karmische Belastungen ungeschehen machen usw.

Mit vollem Verständnis für dieses Begeisterungsgefühl sollten wir lieber der Sache auf dem Grund gehen. Am besten sehen wir uns an, wie so etwas in der Praxis aussieht.

Da es halt nicht üblich ist, daß jemand wegen einer Mandelentzündung zum Geistheiler geht, werden wir ein anderes, fiktives Beispiel nehmen:

Die Person, die energetisch untersucht wird, leidet unter einem zunehmenden Augenlichtverlust, für Ärzte nicht zu erklären, weil keine organische Ursache gefunden wurde. Noch dazu ist die Sache behandlungsresistent. Also, die etablierte Medizin versagt; der Mensch, der dringend Hilfe braucht, klammert sich jetzt an jeden Strohhalm.

Jetzt kann ich Gott spielen: Ich spüre mit den Händen einen Bruch des Energieflusses, sprich: eine Blockade, im Kopfbereich. Ich stelle fest: Diese Blockade hat ungefähr die Form eines kleinen Blumenkohlkopfes und läßt sich durch meine Hände hin- und herbewegen.

Prima, ich schiebe ihn beiseite, lasse durch meine Hände Energie fließen, belebe die Bruchstelle, stelle den normalen Energiefluß wieder her. – Die kranke Person sieht von Woche zu Woche besser. Die Ärzte können sich das Wunder nicht erklären! Ich habe es geschafft, diese Entdeckung ist umwerfend!

Kurz gefaßt:

Wenn die energetische Blockade, die eine körperliche Störung oder Krankheit verursacht, beseitigt wird, folgt erfahrungsgemäß die Wiederherstellung der körperlichen Gesundheit.

Dieser Mensch wird nicht erblinden.
Dank **mir** ist er seinem Schicksal entkommen!

Was ist, wenn dieselbe Person nach ein paar Monaten wiederkommt; Diagnose: Magenkrebs?
Kein Problem, oder? – Blockade ertastet, erkannt, beseitigt, Energiefluß wiederhergestellt. Diesmal folgen wahrscheinlich mehrere Behandlungen.
Also, das kann sich sehen lassen! Krebs ist heilbar, der Tumor geht zurück, ein junger Mensch muß nicht sterben! Dank **meiner! ICH** habe ihn geheilt! Sicher spricht sich herum wie gut **ICH** heilen kann!

Nach ein paar Monaten wieder dieselbe Person, ein ganz komplizierter Bruch. Obwohl es besser werden sollte, will es nicht vorwärts gehen.
Macht nichts, ich weiß, wie es geht: Blockade ertastet, erkannt, weggeschoben, Energiefluß wiederhergestellt.
Super! Person geheilt. Man ist zufrieden mit sich und seiner Arbeit.
Nach ein paar Monaten kommt wieder dieselbe Person (schon wieder?), diesmal gesund. Ihr fehlt nichts. Nun ist sie sehr unglücklich, leidet unter Depressionen, nichts im Leben will mehr gelingen, alles geht schief: Familie, Beruf, Privatleben... Die Person fühlt sich seelisch und körperlich krank, sogar sehr krank, ist aber laut ärztlichem Befund gesund.
Ob man helfen kann? Hmmm! Mal sehen: energetische Felder, die das körperliche Wohlbefinden beeinflussen, sind im Ordnung, wie auch der allgemeine Energiefluß, wie auch die Chakren. Beim besten Willen kann ich nichts finden. Man hat als Heiler ein zunehmend ungutes Gefühl, es ist aber leider gar nichts festzustellen. Na ja, das kann schon mal vorkommen.

Einige Monate später erfahre ich, daß die betreffende Person tödlich verunglückt ist oder Selbstmord begangen hat oder in die geschlossene Psychiatrie eingewiesen wurde. Jetzt frage ich mich endlich, ob da nicht ein Zusammenhang besteht zwischen mir als Heiler und dem Schicksal des Patienten. – WARUM konnte ich das nicht verhindern?

Fällt Ihnen auch eine Ähnlichkeit auf mit dem Patienten, der von einem etablierten Mediziner behandelt wurde?

Die oben beschriebene Situation ist fiktiv, sie hat sich in der Realität nie zugetragen. Persönlich hatte ich das Glück, schon beim Ertasten einer Blockade mich zu fragen: Warum? Wieso? Was ist das? Darf ich heilen? – Ich bin überzeugt, daß eine Heilerin nicht dieselben Fehler machen darf wie die etablierte Medizin. Man darf nicht heilen, ohne vorher zu wissen, warum, wodurch diese energetische Blockade zustande gekommen ist.

Fest steht, daß die Ursache einer energetischen Störung oder Krankheit durch die Verschiebung einer Blockade im seelischen Bereich und eine Wiederherstellung des Energieflusses nicht beseitigt wird, sondern an eine andere Stelle oder auf andere feinstoffliche Feldebenen verschoben wird.

Wenn ein Therapeut, der mit biologischen Energiefeldern arbeitet, nicht erklären kann, was genau diese Störung verursacht hat, was genau er heilt, dann unterscheidet er sich nur geringfügig von einem Mediziner, der die Symptome und nicht die Krankheit bekämpfen kann.

Gerade das wird auch angestrebt, indem einem Heiler gesetzlich verboten ist, eine Diagnose zu stellen, also über das, was er wahrnimmt, zu sprechen. Auch wenn das, was er sagt, nichts zu tun hat mit einer medizinischen Diagnostik.

Ein Heiler darf gar nichts erklären. Es wird ihm höchstens erlaubt, blind Hände aufzulegen zur Steigerung der Selbstheilungskräfte des Patienten. Da soll er noch froh sein, daß ihm das erlaubt ist, ohne dafür im Gefängnis zu landen. Und das in einem christlichen Land!

In dem oben erwähnten fiktiven Beispiel hat eine ständige Verschiebung der Störung stattgefunden, also keine Heilung, sondern eine ständige Verlagerung der Blockaden, von niederen (mit Händen, Augen oder Gefühl wahrnehmbaren Störungen) in die feineren geistigen energetischen Felder, für den Therapeuten in nicht wahrnehmbarem Bereich.

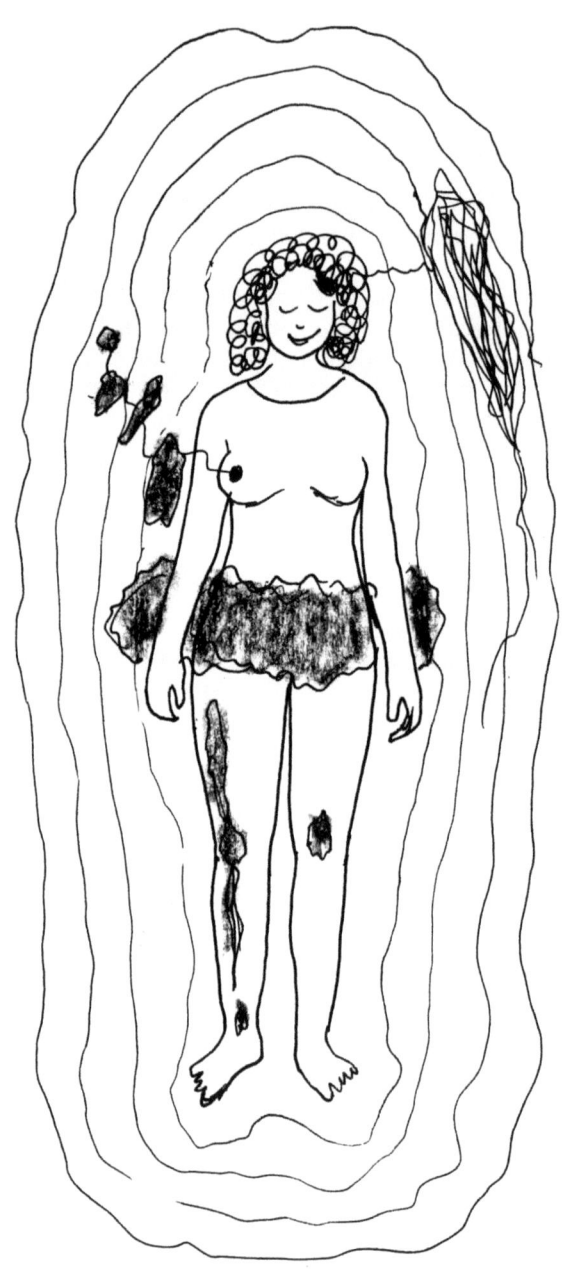

Das Nichtmehrvorhandensein der energetischen Blockade wurde falsch als Heilung gedeutet, da die Störung im materiellen Körper aufgehoben wurde. Der kapitale Fehler war, die Blockade nicht abzufragen, wodurch diese verursacht wurde, da man ungeduldig angenommen hatte, keine konkrete Ursache vorzufinden. Es ist aber üblich, daß beim Ertasten einer energetischen Störung dem Heiler Bilder oder eine Jahreszahl ins Bewußtsein gelegt werden, die bei genauerem Betrachten die Ursache der Blockade enthüllen.

Warum der Heiler sich dazu entschließt, doch die Blockade zu beseitigen, liegt daran, daß er eine schnelle, problemlose Heilung im materiellen Körper erreichen will, was dann auch tatsächlich geschieht. Er ist sich aber nicht bewußt, daß die Ursache der Erkrankung weiter vorhanden bleibt, weil er eben diese nicht beachtet hat.

Krankheit

Was ist aber eine Krankheit und warum entsteht sie?
Warum findet eine Genesung statt, wenn das gestörte Energiefeld im emotionellen energetischen Bereich wiederhergestellt wird?
Was hat dieses Thema mit der Macht der Gedanken zu tun?

Eine Krankheit ist weder gut noch schlecht. Eine Krankheit gehört zu einem wichtigen Prozeß der geistigen Entwicklung.
Jede Krankheit entsteht als Endprodukt einer erheblichen Störung im energetischen Bereich und zwar als Auflösung dieser Störung. Diese senkt sich von feineren, unsichtbaren energetischen Schichten in immer tiefere grobenergetische Bereiche, bis eine eindeutige Konkretisierung im grobmateriellen Körper stattfindet in Form einer kurzen oder langjährigen Krankheit. Selbstverständlich spielt die Vergiftung des Körpers eine Rolle.
In der Praxis sieht es so aus, daß die Krankheit im materiellen Körper akut bis chronisch ist. Darunter und darüber befindet sich eine energetische Blockade im Auflösen, mit der Wurzel an der betreffenden schmerzenden Stelle. Diese Blockade kann von 2 - 5 cm bis zu 50 - 70 cm über dem materiellen Körper im grobstofflichen energetischen Bereich zu fühlen sein.

Wird eine Krankheit überstanden, ist die entsprechende Blockade im energetischen Bereich nicht mehr vorhanden.

Wird die Blockade entfernt, heilt die betroffene Stelle im materiellen Körper. Die Blockade wandert und lokalisiert sich an einer anderen Stelle. Sie versucht, durch das Befallen einer anderen Körperstelle, Organ, Gelenk, sich aufzulösen, da eine weitere Aufstockung nicht mehr möglich ist.

Wird die Blockade immer wieder, systematisch, aus den unteren grobenergetischen Schichten entfernt und nach oben verschoben, bleibt das deformierte Informationsschema im für den Heiler unerreichbaren, unsichtbaren Bereich vorhanden. Sie verstärkt sich und greift voller Wucht in den geistig-seelischen Bereich des menschlichen Lebens, um auf diesem Wege eine Auflösung der Störung zu erreichen.

Dies kann soweit kommen, daß die nächste Inkarnation in Mitleidenschaft gezogen wird. – Im Klartext: Wenn in diesem Leben eine schwere Krankheit **stattfinden muß**, damit die darauffolgenden Inkarnationen für die geistige Entwicklung genutzt werden können, wäre es falsch, diese Krankheit durch Verschiebung, also Auflösung der Blockaden zu kurieren.

Inwiefern man selbst sich als hilfsbereiter Heiler karmisch verschuldet, indem man blind und unwissend zu helfen versucht, bleibt offen.

Also muß der Mensch eine schwere schmerzhafte Krankheit durchmachen, um eine Reinigung seines seelisch-geistigen Bereiches bewußt oder unbewußt zu erreichen? – Nein, in den meisten Fällen **muß** er nicht. Auch dann nicht, wenn diese eine karmische Belastung darstellt.

Wenn der Heiler die Ursache der Störung erkennt und diese dem Patienten ins Bewußtsein ruft, ist der Patient durchaus in der Lage, diese Ursache zu bekämpfen und aus eigener Kraft die energetische Blockade aufzulösen. Der Heiler braucht nur helfend einzugreifen, um diese geistige Operation durch energetischen Beistand zu unterstützen.

Es kommt auch vor, daß eine Blockade zu fest im Materiellen verankert ist und das Händeauflegen scheinbar keine Besserung bringt.

Es kommt auch vor, daß der Patient sich weiter über seine Probleme ärgert, die Ratschläge des Heilers nicht befolgt (ah, Entschuldigung, der Heiler darf laut Gesetz gar keine Ratschläge geben, weil sie als Diagnose gedeutet werden können), sogar verbal oder gedanklich über den Heiler schimpft (vielleicht eben darum, weil der Heiler keine Ratschläge gibt), weil die Heilung nicht wie erwartet sofort, auf der Stelle erfolgt. Daß durch diese unguten Gefühlsausbrüche jegliche energetische Arbeit zunichte gemacht wird, liegt auf der Hand. Meist ist etwas Geduld angebracht. Schon in ein paar Tagen sieht die Situation viel besser aus.

Man sollte unbedingt bedenken, daß eine gesundheitliche Störung lange latent vorhanden ist, Jahre bis Jahrzehnte braucht, bis sie sich im Körperlichen manifestiert, und der Patient sollte nicht erwarten, auf Knopfdruck, oft ohne sein eigenes Zutun, davon befreit zu werden. Es kann auf jeden Fall eine Verkürzung der Leidenszeit erreicht werden, die, durch eine Änderung der Lebensgewohnheiten sowie Reue und Einsicht des Patienten erheblich gemildert wird.

Kinderzeit

Eine energetische Blockade im seelischen Bereich, kann sich sehr kompliziert gestalten, sie kann aus vielen vererbten, selbstverschuldeten Blockaden bestehen, die durch falsche Gedanken und Handlungen verstärkt werden.

Für die körperliche und geistige Gesundheit eines Kindes sind beide Elternteile verantwortlich. Von Ihnen bekommt das Kind ein komplettes informatives Feld, in dem das Verhalten der Eltern, Groß- und Urgroßeltern vorhanden ist. Dieses Infofeld steht als Fundament für alle anderen energetischen Felder, die für seine Seele und seinen Geist das Schicksal bestimmen, also auf körperlicher, charakterlicher und auf spiritueller Ebene.

Hat ein paar Jahre vor einer Schwangerschaft der Mutter, oder während der Schwangerschaft, ein traumatisches Erlebnis stattgefunden (Streit, Unfall, Entscheidung zur Abtreibung des Kindes, Mißhandlungen der Mutter usw.) sind für das Kind Erkrankungen diverser Organe, Störungen im Kopfbereich, in seinem Verhalten sowie Charakter für dieses Leben vorprogrammiert. Nicht umsonst werden in bestimmten Völkern schwangere Frauen von häuslichen Pflichten entbunden, nur mit schönen Sachen und Blumen umgeben und von allen unguten Einflüssen sowie neugierigen Blicken abgeschirmt.

Heute sind Lehrer und Eltern immer wieder mit einer zunehmenden Gewaltbereitschaft und einer sinkenden Lernbereitschaft der Schüler konfrontiert. Abgesehen von schädlichen Einflüssen durch Impfung, Ernährung, schlechte Luft usw., gibt es auch weitere Gründe für diese seelische Entartung unserer Kinder

17

Das Verhalten sowie die Lernbereitschaft der Kinder sind nicht nur abhängig von Gewalt- und Sexfilmen im Fernsehen oder von Computern, sondern in erster Linie vom ethischen Verhalten und der liebevollen Zuwendung der Eltern und Verwandtschaft während der Schwangerschaft der Mutter.

War die Schwangere überfordert, unglücklich, alleingelassen mit ihren Problemen, wurde sie vielleicht sogar vom Vater des Kindes geschlagen, betrogen, verlassen, vernachlässigt, ihre Schwangerschaft von der Verwandtschaft abgelehnt usw., entstehen im mütterlichen Energiefeld Gefühle der Ablehnung dem Mann, der Verwandtschaft sowie der Welt gegenüber, nicht selten sogar dem werdenden Kind gegenüber. Diese Gefühle werden voll vom Baby im Mutterbauch übernommen und sind für sein Verhalten im Leben bestimmend. So entstehen Kinder, die lustlos, lernfaul, anlehnungsbedürftig, liebeshungrig und mit einem hohen Potential latenter Aggressivität ausgestattet sind. Man sollte noch bedenken, daß die Aurafelder bis zum siebten Lebensjahr ungeschützt vorliegen und das Kind in dieser Zeit im energetischen Bereich leicht und mit schweren Folgen verletzt werden kann.

Ein brandaktuelles Thema, sind die Zahnfehlstellungen bei den Kindern. Die Kieferorthopäden haben meist Kinder als Patienten. Die Ursache liegt oft im Familienleben: Fehlender Zusammenhalt, verdrehte Mann-Frau-Rolle (Mama arbeitet, Papa ist arbeitslos), durch Berufstätigkeit bedingt fehlende Zeit für die Kinder, der Fernseher als Babysitter und Trostpflaster, oft auch noch als Vorbild und Erzieher.

Persönlich hege ich große Achtung vor einem Mann, der die Rolle der Mutter übernimmt, wie auch für die Frau, die im Berufsleben ihren Mann steht. Trotzdem sind diese Aufgaben nicht die von Gott erdachten und bestimmten Entfaltungsbereiche für Mann und Frau.

Die energetischen Felder in mehreren Bereichen beeinflussen sich meist im gesundheitlichen und Schicksalsbereich gegenseitig, besonders durch Gedanken, Verhalten und Kontakte von Kind zu Eltern und zu engen Verwandten. Damit sind die schon materiell vorhandenen Verwandten gemeint, aber auch Feinde, Freunde und Verwandte vom vorigen Leben, die sich bereit erklärt haben, teilzuhaben am Leben des Kindes, um seine Entwicklung zu beschleunigen oder in seiner Entwicklung durch schicksalhafte Situationen einzugreifen. Welche energetischen Störungen dadurch im unsichtbaren Bereich sich auflösen, neu stattfinden oder festigen, können wir nicht wissen.

Der Wunsch, einen Sohn zu bekommen, und die Enttäuschung über die Geburt einer Tochter, auch wenn sie nur einen Tag lang anhält, verursacht im energetischen Feld des Neugeborenen ein zerstörerisches Potential: Selbstmord oder Elternmord.

Diese Programmierung ist fähig, sich weiter zu vererben an Enkel und Urenkel. So kommen Kurzschlußreaktionen zustande, die sich niemand erklären kann. Die Selbstmord-Programmierung hat auch verschiedene Abstufungen, die weniger dramatisch ablaufen, wie Bösartigkeit, Aggressivität, Rauchen, Alkoholismus, Drogenabhängigkeit, Adipositas (Fettsucht), Magersucht, Bulimie, usw.

Die Liebe zu den Kindern ist eine der höchsten Empfindungen. Jegliche Verletzung dieses Gefühls (wie: unerwünschte Kinder, Ablehnung, Abtreibung, Anstiftung zur Abtreibung, Tötung oder Aussetzung eines Babys, seine Ablehnung von Mutter oder Vater mit Worten oder Taten) hat schwere Folgen auch für das eigene Leben.

Man sollte noch bedenken daß, das Kind sich schon aus dem Jenseits die Familie auswählt, in welche es hineingeboren werden soll.

Alltagsgeschichten und Gesundheit

Wir sind es gewöhnt, Ausschau zu halten nach Gefahren, die sichtbar, von außen, auf uns zukommen. Die größte Gefahr befindet sich in uns. Ihre Wurzel ist zu suchen in unserem falschen Verhalten und im Fehlen ethischer Normen, die unser alltägliches Leben regeln sollen.

Die Praxis sieht so aus:

Werden wir angegriffen, so fühlen wir uns berechtigt zurückzuschlagen. Da es halt nicht fein ist, mit der Faust zu schlagen – schließlich sind wir zivilisierte Menschen! – ärgern wir uns, sinnen auf Rache, fluchen, intrigieren, schikanieren, wir betreiben Büromobbing, vergiften unsere Gedankenwelt, indem wir uns Tag und Nacht mit diesem Problem beschäftigen (oder mit mehreren?).

Wir zeigen gar nicht, was wir fühlen. Wir verstellen uns, wir verstecken uns hinter einer selbstbewußten, aggressiv fröhlichen Maske. Der Andere darf gar nicht wissen, daß wir von ihm so schwer verletzt wurden. Wir vertiefen unsere Wunden durch Selbstmitleid und indem wir dem anderen die Schuld geben an allem, was in unserem Leben schiefgelaufen ist.

Wie sieht es im feinstofflichen Bereich aus? – Ein bioenergetischer Schlag (Streit, Intrige, Betrug, Fluch, Erpressung, Beleidigung, ...) kann eine ganze Verwandtschaftsreihe treffen und genauso sicher kommt die Strafe für den Verursacher und seine Familie. Der moderne Mensch täte gut daran, wenn er sehr vorsichtig mit seinen Gedanken und Emotionen umgehen würde. Ein mit Wut gesprochener Satz in einem Streit kann verheerende Folgen haben, nicht nur für den anderen, sondern auch für sich selbst und die eigene Familie. Wie ist das möglich? – Eine Krankheit ist oft ein Schutzmechanismus, um falsches Benehmen, Wert und Weltvorstellungen aus unseren seelischen Feldern zu entfernen.

Jeder Mensch fühlt sich mehr oder weniger an Gott gebunden. Daher hat jeder Mensch mehr oder weniger die Möglichkeit, mit kosmischer Nahrung versorgt zu sein. Also auch mit Vitaminen, Spurenelementen und lebenswichtigen energetischen Teilen, die für seine Seele, seinen Geist, aber auch für seinen materiellen Körper ungeheuer wichtig sind.
Im Klartext: Jeder Mensch bekommt geistige Nahrung, die zu einem kleinen bis zu einem Großteil das körperliche Wohlbefinden bestimmt. Das geht vom Minimum und geht weiter bis hin zur Nahrungslosigkeit. Jeder, der eine bis zwei Wochen gefastet hat, hat selber gespürt, daß er während dieser Zeit mehr oder weniger geistig ernährt wurde.
Das bedeutet, daß die Menschen, die ohne Wasser und Nahrung leben, sozusagen aus der Luft die Fähigkeit entwickelt haben, ihren materiellen Körper nur aus geistigen Bestandteilen zu versorgen, die ihnen in Form von göttlicher Energie zukommt. Ein Paradebeispiel ist die Australierin Jasmuheen.
Jeder Mensch besitzt die Fähigkeit, zu bestimmen welchen Anteil dieser geistiger Nahrung er zu sich nehmen will. Je nachdem, wie stark verseucht seine Gedankenwelt und sein Emotionalkörper sind, trifft sein innerer Arzt die richtigen Entscheidungen, um durch bestimmte Krankheiten eine notwendige Reinigung durchzuführen.
Jeder Mensch steht durch karmisch bedingte Verwandtschaft im energetischen Kontakt mit anderen Menschen.
Jeder Mensch erkrankt nur dann, wenn seine körperliche und seelische Schwingung in Resonanz steht mit den Bakterien, Viren, Krankheiten oder Seuchen, die die gleiche Schwingung zeigen.

Zurück in die Praxis:

Wie ist das möglich, daß ein mit Wut in einem Streit gesprochener Satz verheerende Wirkungen haben kann auf sich selbst und auf die eigene Familie?

Nehmen wir ein Beispiel: Der Vater erkrankt an Bronchitis und wird mit den Methoden der modernen Medizin (lies: etablierte Medizin), also mit Antibiotika behandelt. Wie es mit ihm weitergeht, haben Sie schon mal gelesen.

Die Grundursache dieser Erkrankung liegt im aktuellen seelischen Bereich, in Streitigkeiten, Verärgerung in der Familie, in Trauer, Depressionen, emotionalen Wunden, die immer wieder aufgerissen werden und daher seiner Unfähigkeit, das Leben anzunehmen wie es ist.

Materiell kann eine fehlende Versorgung mit Vitaminen durch die Ernährung und eine Giftansammlung im Körper die Bronchitis untermauern. Einige oben genannte Ursachen der Bronchitis befinden sich im seelischen Teil, und zwar in Form eines energetischen Blockadenkomplexes.

Wenn nach ein paar Monaten seine Frau ein Kind gebären würde, das eine seelische Verwandtschaft mit dem Vater hat, werden wir im energetischen Feld des Kindes den Blockadenkomplex des Vaters wiederfinden und das mit großer Wahrscheinlichkeit. Das Kind wird groß und trägt in sich eine Zeitbombe, die durch einen Konflikt mit jemandem aus der Verwandtschaft gezündet wird.

Um die Aufstockung der seelischen Blockade zu verhindern und deren Auflösung in einer psychischen Krankheit, wird diese im Materiellen verankert, damit sie sich auflöst. Der junge Mann erkrankt an: Tuberkulose, Lungentumor, Asthma, Multiple Sklerose, Magenkrebs, Herzbeschwerden oder ähnlichem.

Das was Sie gerade lesen, ist keineswegs übertrieben, sondern eher die Regel.

Ist es um das Kind und auch um den Vater besser bestellt, wenn der Vater sich naturheilkundig behandeln läßt? Wenn er Tees, Einreibungen, Meerrettich ißt und Hustensirup einnimmt?

Seine Bronchitis wird mehrere Wochen dauern, bis sie vollkommen heilt. Es wird wahrscheinlich noch zwei oder drei Rückfälle geben (vorausgesetzt, es findet keine ständige Aufstockung der Blockade statt), aber dann ist die Blockade im energetischen wie auch im materiellen Bereich komplett aufgelöst.

Sicher gibt es weiter eine Beeinflussung durch enge oder entfernte Verwandtschaft, die die gleiche oder eine ähnliche seelische Struktur zeigt.

Gesundheit

Menschen, die karmisch wenig belastet sind, haben weniger Anstrengungen in Kauf zu nehmen als Menschen, die karmisch stark belastet sind. Da die Achtung der göttlichen Gesetze sowie der ethischen Werte in der moderner Gesellschaft nicht mehr ernstgenommen werden, nimmt die automatische Auflösung solcher Energiefelder im materiellen Bereich, also Krankheiten, überhand.

Das ist die Erklärung, warum in der modernen und technisierten Welt von heute eine Explosion verschiedener Krankheiten stattfindet und sich weiter mit neuen unbekannten Krankheiten ausweiten wird, bis ein Zusammenbruch der Krankheitsvorsorge zustande kommen muß.

Die etablierte Medizin versucht, die Flut an Erkrankungen durch falsche Ernährung, einen gesteigerten Streßfaktor und mit der ökologischen Ausbeutung der Erde zu erklären. Zum Teil hat sie recht, da erhebliche Anstrengungen gemacht worden sind, um aus allen gesunden Menschen kranke Patienten zu machen: durch Zwangsjodierung, Fluoridierung, Impfungen, Aspartam in Light-Produkten, Chemotherapien, Bestrahlungen, Handymasten, Pestizide und, soweit mir bekannt ist, durch die Impfung der Wolken und des blauen Himmels mit giftigen Chemikalien und biologische Stoffe zur Kriegsführung, im Rahmen eines amerikanischen Projekts zur Bevölkerungsreduzierung.

Falsche Ernährung und Vitaminmangel haben gewiß Schuld an vielen Erkrankungen, aber nur deswegen, weil die Menschen ihre Fähigkeit, geistige Vitaminbestandteile aus göttlichen Energien für ihren materiellen Körper zu verwerten, verlernt haben bzw. durch ihren Lebenswandel ihrem materiellen Körper diese Fähigkeit wegrationalisiert haben.

Laut einer Studie von 1985 bis 1996 haben unsere Gemüse und Früchte erheblich an Vitamingehalt verloren: Äpfel haben z.B. bis zu 95% weniger Vitamin C. Das verdanken wir dem jahrzehntelangen

Einsatz von Pestiziden und Wachstumsbeschleunigern; darum schmeckt heute alles nach Gurke.

Darum ist es sehr wichtig, daß wir dafür Sorge tragen, unseren Körper mit hochwertigen Vitaminen ausreichend zu versorgen. Denn unser Körper hat die natürliche Fähigkeit, alle Krankheiten in einem für uns erträglichen Maß zu verarbeiten – auch Krebs, vorausgesetzt, er bekommt eine vitaminreiche, natürliche Nahrung. Dies ist heute nicht mehr gewährleistet.

Es besteht weiterhin eine enge Verbindung zwischen unserer Seele (wo die krankmachenden Blockaden sich tummeln) und unserem Körper. Beide beeinflussen sich gegenseitig, im Krankwerden wie im Gesundwerden.

Wenn es um das seelische Wohlbefinden geht, geht es um die Symptome einer schwerwiegenden Krankheit der Menschheit, die noch keinen Namen hat, aber deren Wurzeln die Lieblosigkeit und Gottlosigkeit ist.

Angenommen, wir hatten Streit, wir haben uns vergessen, es tut uns leid. Was sollen wir tun? – Ich möchte gerne diesen Streit ungeschehen machen; besonders das, was ich in Wut, ohne lange zu überlegen, gesagt habe. Dann soll ich unverzüglich um Verzeihung bitten, nicht nur die betreffende Person, sondern auch Gott in meinem Herzen, daß ich so wenig bereit war, sein Gebot der Nächstenliebe in die Tat umzusetzen.

Die Liebe zum Nächsten ist der Schlüssel, der alle Blockaden im feinstofflichen Bereich glättet. Die Reue glättet auch die Fehler, die man selber gemacht hat, dumm, unwissend und eingebildet, wie man so oft ist.

Es ist klug, wenn man auch um Vergebung bittet für die Fehler der Verwandten nah und fern, die ebenso unwissend an einer Störung im eigenen Energiefeld sich beteiligt haben. Nur Gott weiß, welche verschlungene seelische Verwandtschaft besteht zwischen nahen und fernen Familienmitglieder. Psychotherapeuten, die mit Aufstellungen nach Bellinger arbeiten, können das bestätigen.

Ich kann mir gut vorstellen, daß manche Leser Anstoß nehmen, da ich so oft Gott und seine Gesetze erwähne. Der moderne Mensch ist so aufgeklärt, daß er nicht mehr an Gott glaubt, er braucht IHN nicht mehr. Ohne Gott gibt es aber keine Heilung!

Der Glaube an Gott ist heute ein Informationsproblem: Wer Ihn ernsthaft sucht, wird Ihn auch finden. Wer Ihn findet, sollte dankbar und verantwortungsvoll mit dieser besonderen Erfahrung umgehen.

Oft reicht es nur, sich aufs Vergnügen und auf materielle Vorteile zu konzentrieren, um die Verbindung zu Ihm wieder zu verlieren.
Einerseits glaubt der moderne Mensch, keinen Gott zu brauchen, andererseits fehlt ihm ein Leitbild. Darum stürzt er sich auf Gurus, asiatische oder buddhistische Lebensweise und Philosophie, da er hofft, auf diese Weise fertig vorgekaute Lösungen für seine Probleme zu bekommen. Anstatt Gott inwendig in sich zu suchen, sucht er ihn außen. Auch schwarze Magie wird in Kauf genommen als schnelle Problemlösung, selbstverständlich ohne an die Folgen und die Schuld, die man sich selber auflädt, zu denken.
Moralische Werte sind zunehmend ein Fremdwort in einer Gesellschaft, die nur auf materiellen Fortschritt um jeden Preis orientiert ist.
Nur wenige haben verstanden, daß die Lösung der eigenen Probleme nur durch Kampf und Arbeit an sich selbst erreicht werden kann.

Mediale Hilfe?

Was passiert aber, wenn jemand die Hilfe eines Mediums sucht, das auf "Partnertrennung und -zusammenführung" spezialisiert ist? –

Nehmen wir die scheinbar angenehmere Alternative: Partnerzusammenführung.

Eine junge Dame möchte unbedingt die Liebe eines jungen Mannes gewinnen, der sie offensichtlich übersieht, oder daß der weggegangene Ehepartner wieder zu ihr zurückkommt.
Das Medium, egal durch welche Methoden, beeinflußt die Willensfreiheit eines anderen Menschen, indem es ihm eine emotionale Programmierung aufdrängt, womit die betreffende Person, also der Mann, gar nicht einverstanden wäre.
Unabhängig davon, wie stark die betreffende Person sich vor solchen Eingriffen schützen kann, entsteht als Abwehr eine zweite zerstörerische Programmierung, da das geistige Immunsystem des Mannes (in unserem Fall) die unangebrachte, aufgedrängte Programmierung als Eindringling erkannt hat.

Man darf niemals den freien Willen eines Menschen antasten!

Was passiert? – Entweder wird die magische Beeinflussung zurück-geworfen auf das Medium und die Auftraggeberin, oder die neue Programmierung wird angenommen, obwohl das geistige Immunsy-stem den Eingriff erkannt hat.

Was passiert tatsächlich? – Der Mann verläßt seine jetzige Lebens-partnerin (mit der er schon Zukunftspläne geschmiedet und womög-lich schon ein Kind gezeugt hat), um mit der Kundin des Mediums ein Paar zu werden. Erfahrungsgemäß steht diese Partnerschaft nicht unter einem guten Stern.

Das abwehrende Programm tritt in Kraft, und schon in ein paar Jah-ren gibt es Probleme in dieser neu erzwungenen Partnerschaft: Streit, Krankheit, Unruhe, Unzufriedenheit, Trunksucht, kränkliche Kinder, Erschöpfung usw.

Diese abwehrende bis zerstörerische Programmierung ist eine Reak-tion des geistigen Immunsystems, die auch durch Hypnose oder Au-tosuggestion ausgelöst werden kann, sofern einem Menschen etwas Unbekanntes, Fremdartiges oder Neues aufgedrängt wird.

Wenn ein Mensch gegen seinen Willen, auch infolge seelischer oder geistiger Unreife, etwas annehmen muß, ob bewußt oder unbewußt, dann aktiviert sich seine geistige Abwehr.

Es gibt auch Medien, die auch die Beseitigung einer Person vorneh-men, selbstverständlich für ein angemessenes Honorar. Die Person, die beseitigt werden soll, erleidet einen Unfall oder begeht Selbst-mord. Eine saubere und unauffällige Methode. Wer soll da beweisen, daß der Selbstmord unter starker Willensbeeinflussung geschah? – Welche karmische Maschinerie in Gang gesetzt wird, kann man sich kaum ausdenken...

Nächstenliebe

Unabhängig von der modernen Meinung der aufgeklärten Menschen wirken die göttlichen Gesetze erbarmungslos, und erst bei näherem Hinsehen und Überlegen offenbart sich der tiefere Sinn.

Auf der Erde ist unser Leben durch das Gesetz der Ursache und Wirkung bestimmt. Dieses Gesetz ist unausweichlich, ob wir das wahrhaben wollen oder nicht, und es wirkt sich sowohl im materiellen als auch besonders im geistigen Bereich zuverlässig, gnadenlos und unpersönlich aus.

Alle Religionen beinhalten Gesetze der Nächstenliebe, die befolgt werden sollen, damit es dem gläubigen Menschen gut gehe und er Gnade vor Gott finden möge.

<u>Jesus Christus ließ die Zehn Gebote Gottes, die wir von Moses kennen, auf zwei schrumpfen:</u>

1. Man soll Gott über alles lieben.

2. Man soll den Nächsten lieben, wie sich selbst.

Daß man Gott lieben soll mit ganzer Kraft, bedarf keiner besonderen Erklärung, denn er ist in unserem Herzen der ständige Gesprächspartner, an welchen wir uns mehrmals täglich im Geiste wenden können.

Wer ist der Nächste? – Der Mensch, der eben gerade vor mir steht. Diesen soll ich lieben wie **mich**.
Um das zu können, muß ich fähig sein, mich selber zu lieben. Wenn ich Fehler mache, muß ich fähig sein, nicht nur anderen, sondern auch mir selber zu verzeihen.
Ich muß meine Existenz auf dieser Erde bejahen, ich muß meinem Geiste die Möglichkeit geben, im Licht zu leben, indem ich auf eine regelmäßige geistige, seelische und körperliche Hygiene achte. Ich muß darauf achten, daß ich unabhängig von Problemen und Hindernissen meine Persönlichkeit und meine Begabungen entfalten kann; dabei muß ich auch Prioritäten setzen.
Den Nächsten lieben wie sich selbst, bedeutet nicht, ihm mit unangebrachter Nachgiebigkeit zu begegnen, aber auch nicht, ihn zu kritisieren, ohne ihm Alternativen anzubieten. Man sollte ihm in Rat und Tat, das geben, was ihm nützt, unter Umständen auch gerechte Strenge.

Viele gläubige Menschen möchten den Nächsten nicht auf seine Fehler aufmerksam machen aus Bequemlichkeit und manchmal aus Feigheit, auch aus Angst, damit keine echte "Nächstenliebe" zu beweisen, wie Gott von ihnen bestimmt erwarten würde.

Gott erwartet von uns eine aufrichtige Nächstenliebe und keine Heuchelei. Wir müssen keine Leute oder Umständen bejahen, die uns zutiefst widerlich sind, sonst unterdrücken wir aggressive Gefühle, die unsere Seele verunreinigen.

Diese aggressiven, unguten, frustrierenden, lichtlosen Gefühle sind Gifte für unser geistiges Immunsystem und hindern uns daran, eine schnelle Reinigung unseren seelischen Bereich vorzunehmen.

Das Verdrängte kommt als Aggression oder böse Krankheit auf uns zu, und das als notwendig eingeleitete Maßnahme. – Wie oft kommt es vor, daß die liebe Tante Krebs hat, gerade sie, die keiner Fliege etwas tun kann, die immer so lieb zu allen ist, die immer in der Kirche geht, die alles mit so viel Geduld erträgt wie eine gute Christin, auch die Schimpfe der Schwiegermutter, die Launen ihres Mannes und der Kinder usw.!

Wir sollen den Wünschen unseres Nächsten nachkommen, und seine Gefühle respektieren, so oft es uns möglich ist. Wir sollen seine Argumente verstehen lernen, da er die gleiche Situation aus einem anderen Licht sieht. Wir sollen ihm auch helfen, seine Probleme aus unserer Sicht zu sehen, wenn ihm das in seiner geistigen Entwicklung von Nutzen ist.

Aber wir dürfen uns nicht selbst zerstören, dem Nächsten nicht bis zur Selbstaufgabe dienen, unsere körperliche und geistige Bedürfnisse nicht vernachlässigen, Probleme, die gelöst werden sollen, nicht ertragen, uns keine unangemessenen Belastungen aufbürden in der diebischen Hoffnung, uns dadurch ein Platz im Himmel zu sichern. Gott läßt sich durch solche falschen Leistungen weder kaufen noch betrügen.

Wenn wir uns das Obengesagte zu Herzen nehmen, wissen wir, was Jesus damit gemeint hat, wenn er uns sagte: Wir sollen unseren Nächsten lieben wie uns selbst.

Er sagte auch, wir sollen unsere Feinde lieben und segnen. Warum? Wenn wir dem Haß die Liebe und das Verständnis entgegensetzen, blockieren wir auf fein-energetischer Basis das Zerstörungsprogramm seiner Gedanken, das auf unser seelisches System gerichtet ist.

Sollte es weiter das Gesetz der Ursache und Wirkung nicht beachten, dann wird sein eigenes Haßprogramm am Schutzwall der Liebe, die wir ihm entgegenhalten, abprallen, eine Kehrtwendung machen und gegen sich und seine Familie wie auch gegen seine Kindern wirksam werden. Dieses geistige Gesetz wirkt automatisch, wenn die Voraussetzungen dafür vorhanden sind.

Gedanken

Unsere Gedanken und Gefühle sind Teil unseres seelischen Wohlbefindens und befinden sich in einem engen Zusammenhang mit unserem Körper. Gedanken beinhalten kleine bis beträchtliche Energiemengen, zerstörerische wie auch aufbauende Energien. Eine andere Gesetzmäßigkeit der Gedanken: Sie haben aufgrund der Energiepotenz, die sie in sich tragen, und deren Vibration die Fähigkeit, sich zu realisieren. Entsprechend der Frequenz (Dimension oder Vibrationszustand) benötigt der Gedanke eine gewisse Zeitspanne, um sich zu materialisieren. Zweifeln wir an der Möglichkeit, daß dieser Gedanke sich materialisieren kann, so findet eine Störung des Energieflusses statt, und das, was wir hoffen, realisiert sich nicht. – Konkret gesagt: Schon wieder kein Lottogewinn! Wir haben aber gewußt, daß wir nie im Lotto gewinnen werden!

Auf der Erde sollte die Gedankenmaterialisierung, da die Erde eine niedere Schwingung hat, länger dauern als auf anderen Planeten, die sich in der vierten oder fünften Dimension befinden. Da auf der Erde sehr viele ungute Gedanken ausgeschleust werden, hat das einen guten Grund, denn so wird uns immer wieder die Möglichkeit gegeben, unsere unguten Gedanken und Gefühle zu stoppen, noch bevor ihre ungute Wirkung auf uns oder unsere Mitmenschen eintreten kann. Je nach der Intensität der Energie in einem Gedankenkomplex, können sich diese realisieren in einigen Stunden, Tagen, Wochen, Jahren ... oder gar nicht. Wir müssen uns endlich bereit erklären, diese Gesetzmäßigkeiten zur Kenntnis zu nehmen und entsprechend zu handeln.

Da wir es bis jetzt nicht für möglich gehalten haben, bestehende Situationen oder Krankheiten durch unsere Gedankenkraft ändern zu können, fällt es uns schwer, dieses neue Gebiet zu betreten. Wir sind es gewohnt, Situationen, die uns unerwünscht oder unangenehm sind, durch rationelles und materielles Handeln zu ändern.

Wie gehe ich praktisch vor, wenn ich eine meiner Überzeugungen ändern will, von der ich selber weiß, daß diese falsch wäre? Am einfachsten geht das durch ein Mandram, durch ständige Suggestion. Wir sagen uns einen Satz, z.b.: *"Ich bin in HARMONIE!"* Mehrmals am Tag zwei oder drei Wochen lang. Jeder hat einen Fernseher. Monatelang hört und sieht man täglich dieselbe Werbung, irgendwann kauft man das Produkt. Genauso funktioniert das auch, wenn man etwas durch Gedankenkraft ändern möchte. Dabei sollte man keinen Zweifel aufkommen lassen. Wasser ist programmierbar, wir bestehen zu über 70% aus Wasser. Eines müßte man zusätzlich bedenken: Die Veränderung der feinstofflichen programmatischen Felder im seelischen Bereich ist hundertfach größer als ihre Wirkung im materiell-körperlichen Bereich. Sie beeinflußt eben nach dem Resonanzprinzip den seelischen Bereich der engen Verwandten und/oder Mitmenschen.

Sollte eine Krankheit oder ein Schmerzempfinden im grobmateriellen Bereich seine Korrektur im seelischen Bereich notwendig machen, stellen wir fest, daß diese Korrektur oft blockiert wird durch Barrieren, die aufgrund eines Schocks oder falscher moralischer Werte zustande gekommen sind. Die Aufgabe der Heiler besteht zuerst darin, seinem Gegenüber zu erklären, daß seine Krankheit ein Schutzmechanismus ist, der aufgrund einer unguten Tat, eines falsch verstandenen Problems, eines Nichtverstehenwollens oder -könnens in diesem oder in einem vorherigen Leben zustande gekommen ist. Es geht nur darum, die Ursache einer Krankheit zu erkennen. Dann soll der Patient bereit sein, diesen falschen, unaufrichtigen Gedanken oder die Tat, die bei ihm die Blockade verursacht hat, neu zu überdenken. Sollte sie ihren Ursprung in diesem Leben haben, dann sollte der Kranke fähig sein, sich bei den anderen Mitbeteiligten aufrichtig zu entschuldigen. Das setzt voraus, daß in der Zukunft, in ähnlichen Situationen sein Verhalten entsprechend verändert wird. Es ist oft gar nicht so leicht, an sich zu arbeiten. Wenn aber die Symptome einer Krankheit schon auf der Stelle gemildert werden, leuchtet jedem Hilfesuchenden ein, daß er selbst dafür Verantwortung trägt. Diese Motivation hilft ihm weiter, an sich selbst zu arbeiten.

Aura

Es wird sich wahrscheinlich unter den Lesern niemand befinden, der noch nie gehört hätte, daß der physische, materielle Körper der Menschen von **Aura** umgeben ist.
Viele haben sich schon gefragt: Wo sind die Grenzen dieses menschlichen energetischen Feldes? Denn irgendwo nach unten, auf den Seiten und auch nach oben muß es doch wohl aufhören.

Ich möchte die Bedeutung der Aura-Schichten aus der Sicht des Heilers allgemein erwähnen, ohne diese Schichten intensiv zu erklären: Die dichteste energetische Schicht befindet sich **im** grob-materiellen irdischen Körper. Diese beinhaltet Informationen über das Befinden des materiellen Körpers und seine Organe. Diese Informationsfelder werden vom Arzt benutzt, um eine Diagnose zu stellen.
Direkt über unserem materiellen Körper befinden sich Informationen über Taten, emotionelle Erlebnisse, Gefühle und die Gedankenwelt, die wir in diesem Leben erlebt haben.
Die nächstfolgenden informationellen Felder geben uns Auskunft über Familie, Verwandtschaft und das entsprechenden Karma.
Das persönliche Karma, unser Verhalten in den vorherigen Inkarnationen, befindet sich in immer feineren seelischen Feldern. Mit ihnen in Kontakt zu kommen, ist nicht nur schwer, sondern auch gefährlich.
Wo enden aber diese feinen und immer feineren seelischen Felder? Um den Körper herum, nach unten und seitlich, enden sie je nach der Person und seiner geistigen Entwicklung nach ein paar Metern, oder bei besonders vergeistigten Personen wie Gurus, Meistern oder Heiligen (damit meine ich nicht die, die sich so nennen, sondern die, die dies tatsächlich auch sind) nach ein paar hundert Metern oder sogar Kilometern.
Nach oben gibt es **kein Ende der seelisch-energetischen Felder,** bei niemandem. Meine Vermutung liegt nahe, daß diese bis zur Erschaffung des materiellen Kosmos, sogar bis zu unserer geistigen Erschaffung durch Gott zurückverfolgt werden können. Die Wurzel dieser feinen Felder reichen bis in die dichteren Schichten der emotionellen Blockaden, sogar bis in den materiellen Körper.

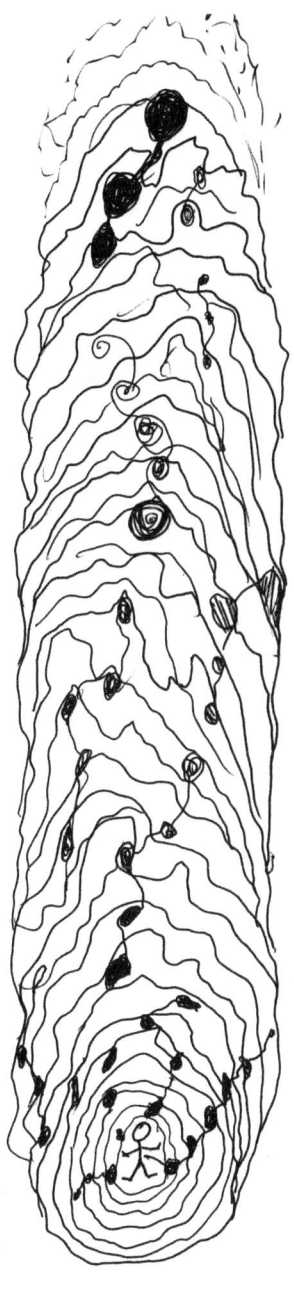

Heilung

Wenn eine Blockade beim Fragen, ob man heilen darf, aufflackert, sich hart und kalt anfühlt, wenn die Heilenergie abgeblockt wird, die Hände kalt werden, so ist das für mich ein Zeichen des Widerstandes. – Im Klartext: Entweder hat der Heiler eine ähnliche Blockade und darf erst dann heilen, wenn er sich selbst davon befreit hat, oder es besteht von einer höheren Instanz ein Heilverbot.

Selbstverständlich darf man fragen: Wieso? Warum? – Je nach der Hellsichtigkeit des Heilers sind diese Antworten zu hören, zu fühlen, zu sehen, oder werden ihm ins Bewußtsein gelegt. Sie sind für den Patienten sehr wichtig und sollten ihm mitgeteilt werden.

Meist erleben die Patienten selber eine emotionale Erregung, ähnlich der, die in der Blockade enthalten ist.

Auch die Heilung von einer karmischen Belastung ist möglich, sofern der Patient bereit, ist seine Tat(en) zu bereuen, womöglich wiedergutzumachen und ähnliche Situationen zu meiden, wie auch sein Verhalten gemäß dem Gesetz der Nächstenliebe zu ändern. Auch Jesus sagte, nachdem ER heilte: "Geh hinfort und sündige nicht mehr!"

Da diese Taten, in diesem wie auch im vergangenen Leben, die bis hin zu Mißhandlungen jeder Art und sogar Mord reichen, in vollkommener Unwissenheit über ihre Tragweite verübt worden sind, ist die betreffende Person erschrocken, beschämt und zutiefst unglücklich. Sie ist bereit, alles zu tun, um eben diese schrecklichen Folgen seiner Tat(en) zu mildern oder am besten ungeschehen zu machen.

Es gibt nichts schöneres für einen Heiler, als bei dieser seelischen Umwandlung dabeisein zu dürfen. Nicht der Patient, sondern ich habe mich bei ihm zu bedanken, daß ich seinen seelischen Heilungsprozeß miterleben darf, daß ich ihn begleiten darf bei dieser Versöhnung mit Gott.

Theoretisch, aber auch praktisch, trägt ein jeder von uns die Fähigkeit in sich, durch ein reines geistiges, seelisches und materielles Leben Zugang zu bekommen zu allen Geheimnissen des Universums. Jeder Mensch trägt in sich die Gaben des Hellsehens, Hellhörens, Hellempfindens, der Teleportation, Bilokation, Unsichtbarkeit, Telepathie, des Zeitreisens, der Telekinetie, usw., und zwar mehr oder weniger.

Wenn wir die obengenannten Fähigkeiten anstreben, dann müssen wir frei von jeglichen Krankheiten werden, indem wir durch unser Verhalten und unsere Lebensführung deren Entstehung vermeiden.

Wir können eine Erkältung oder eine Grippe nur dann bekommen, wenn unser Körper das gleiche Schwingungsmuster zeigt wie das Bakterium, oder die Virusart, die uns krank macht. Sonst bleiben wir von der Grippe- oder Erkältungswelle verschont.

Erkranken wir daran, nimmt unser innerer Arzt die notwendigen Maßnahmen vor, damit unser Körper auf eine andere Schwingungsebene kommt, so daß eine Genesung möglich ist. Sonst müßten wir daran sterben.

Eine Krankheit wie Krebs ist viele Jahre im seelischen Bereich des Körpers, bevor sie sich im materiellen Körper manifestiert.

Wodurch entsteht eine Störung im seelisch-energetischen Fluß, im und um den menschlichen Körper? – Durch eine Disharmonie zwischen den eigenen Strukturfeldern und den informativen energetischen Feldern der Erde, der Milchstraße und unseres Universums. Hier handelt es sich um Energiesysteme die miteinander verwoben sind.

Im Laufe der Zeit haben ungute Taten einen massiven Einfluß auf die schützenden seelischen Strukturen des menschlichen Körpers ausgeübt. Die Schwächung bis sogar Zerstörung dieser Felder geschieht dann, wenn der Mensch sich bewußt von Gott entfernt, von Eltern, Kindern, dem geliebten Partner.

Im seelischem Bereich existieren bestimmte Strukturen, die zuständig sind für die Liebesfähigkeit eines Menschen. Werden diese verletzt oder zerstört, so sind schwere Krankheiten die Folge davon.

Warum **gerade** Lebenspartner, Eltern oder Kinder? – Weil eben zwischen den Familienmitgliedern eine enge Verbindung im seelischen Bereich besteht. Wenn diese Felder verletzt sind, hat das eine sofortige Auswirkung auf das freundliche, höfliche Verhalten im Bestehen und Erhalten menschlicher Beziehungen. Auch diese verletzten, durchlöcherten Felder werden weiter vererbt an Tochter, Sohn, Enkel, Urenkel.

Wenn ein Familienmitglied Ärger oder Streit hat, wirkt sich das sofort aus auf ein anderes Familienmitglied, das seelisch am ähnlichsten ist der Person, die sich gestritten hat. Oft werden die Kinder davon betroffen, weil diese noch kein gefestigtes geistiges Immunsystem besitzen.

<u>In diesem Zusammenhang muß ich an einen Witz denken:</u>

Ein alter Mann auf dem Sterbebett kam ans Himmelstor, wo Petrus ihn freundlich begrüßte und ihn in ein Zimmer voll brennender Kerzen einlud.

"Was ist das?" fragte der Alte.

"Das sind Lebenskerzen", sagte Petrus.

"Kann ich sehen, welche meine ist?"

"Sicher, sie ist ganz rechts in der hinteren Reihe", sagte Petrus und ging.

Der Greis eilte dahin. Oh Schreck, es war eine Kerze, die fast abgebrannt war! Aber daneben war eine große, ganz neue Kerze. Ganz schnell löschte der Alte ihre Flamme und zündete sie neu, mit seiner Flamme, die am Erlöschen war.

Jetzt kam Petrus zurück, und der Greis beeilte sich zu gehen.

Aus dem Krankenhaus entlassen, fand er seine Familie in großer Trauer. Während er auf wunderbare Weise recht schnell gesund wurde, starb sein liebstes und einziges Enkelkind plötzlich und unerwartet.

In der Tat, wenn der Vater Streit mit dem Chef hat, kann sich das sofort auf den Sohn oder die Tochter auswirken. Viele von uns wissen, daß ein Unglück nie allein kommt. Gewöhnlich gesellt sich noch eine anderes oder sogar noch mehrere dazu. Es kann so kommen: Der Vater verliert seine Arbeitsstelle nach einem Streit mit dem Chef, sogleich erkrankt die Tochter oder der Sohn schwer, die Frau will sich scheiden lassen, die eigene Mutter, oder der Vater erleiden einen Schlaganfall, die Bank ruft an, um nach den Hausraten zu fragen, warum werden diese nicht bezahlt, usw.

Noch vor gar nicht so langer Zeit haben die Menschen noch gewußt, daß sie sich nicht streiten, beleidigen und ärgern dürfen, weil das sich gegen sie selbst und ihre Familie richten kann.

Die Angst davor, durch ein ungehaltenes, unbeherrschtes oder unkontrolliertes Verhalten die eigene Familie zu schädigen, hat zusätzlich die vorhandenen göttlichen Gesetze und ethischen Normen in ihrer Wirkung gefestigt.

Wir sollen als Tatsache annehmen, daß kein gutes, aber auch kein ungutes Wort verlorengeht, das durch gute oder ungute Gefühle und Gedanken entstanden ist. Früher oder später manifestiert es sich und richtet sich meist gegen unsere Liebsten, auch gegen Menschen und auch Tiere, die in Kontakt mit uns kommen.

Buße

In diesem Zusammenhang möchte ich einen Begriff erläutern, dessen Bedeutung verlorengegangen ist. Es geht um die **Buße.**
Wir haben in unserem Kalender ein Buß- und Bet-Tag.

Was bedeutet das, Buße tun? – Es ist doch nicht einfach so, daß es einem leid tut, dies und das getan zu haben, und damit hat es sich. Buße bedeutet eine intensive geistige Hygiene, eine notwendige Reinigung der Seele. Dazu brauchen wir einen ganzen freien Tag.

Wenige wissen und noch weniger sind dazu bereit, in regelmäßigen Abständen eine Gewissensforschung durchzuführen. Wenige rufen sich ins Gedächtnis, durch welche Taten, Worte oder Gedanken sie ein moralisches, ethisches oder göttliches Gesetz verletzt haben könnten. Wenige machen sich Gedanken darüber, wie sie sich in der Zukunft im normalen Leben richtig verhalten sollen, und das, obwohl sie spüren oder sogar wissen, daß es so nicht mehr weitergehen kann.
Durch schlechte Gedanken können ungute Astralwesen angezogen werden, die ähnlich einer Besessenheit die Lichtverhältnisse in körperlichen Zellen beeinflussen können. Diese kommen in einer niedrigen Schwingung. – Ist Ihnen nicht aufgefallen, daß Menschen die immer negativ denken, schneller faltig und alt werden? Dadurch entsteht erst die Bereitschaft, Krankheiten anzuziehen.
Eine gründliche Gewissensforschung sowie eine unverzügliche Änderung unseres Verhaltens sowie der feste Entschluß, die erkannten Fehler nie wieder zu wiederholen, sind die Voraussetzungen, die eine Buße ausmachen und die Aufhebung einer aufkommenden Krankheit bewirken. – Im Klartext: Durch dieses Verfahren, Buße tun, können ablaufende programmierte Schicksalsschläge verschoben, gemildert bis aufgehoben werden.

Streit

Wir leben heute in einer Zeit verdrehter Werte. Viele Menschen werden in Unwissenheit gehalten, werden manipuliert und sogleich daran gehindert, sich geistige Werte anzueignen.

Die Menschen, die geistige Werte besitzen und bereit sind, diese an die breite Masse der Bevölkerung weiterzugeben, werden lächerlich gemacht und als Spinner oder Scharlatane dargestellt.

Fazit: Der Otto-Normalverbraucher sucht nach äußeren Werten und schätzt die anderen Menschen nach denselben ein. Wer zwei Häuser, zwei Autos, Erfolg hat und im Geld schwimmt, wird beneidet, da er scheinbar wunschlos glücklich ist. Seelisches Glück wird gleichgestellt mit materiellem Besitz.

In der Tat zahlen sich bei Reich oder Arm nur die ethischen Werte aus, nur die ständige Ausübung der Nächstenliebe, wodurch wir unsere körperliche Schwingung erhöhen und dadurch empfänglich werden für feinere kosmische Schwingungen wie auch für besondere geistige Gaben.

Zurück in die Praxis:

Man ist erbost, beleidigt, verärgert über jemanden. Wie man inzwischen weiß, ist das nicht gut. – Wie kann man sich nach einem heftigen Streit wieder reinwaschen? Wie kann man die entstandenen Schäden an sich wiedergutmachen?

Indem man aufrichtig und reuig um Verzeihung bittet. Nein, nicht nur die Person, die Sie beleidigt hat! Erst müssen sie sich beruhigen und verinnerlichen.

Denken Sie daran: Wenn Sie sich so aufgeregt haben, kann es daran liegen, daß Sie selbst ein ungelöstes Problem in sich tragen. Sie sind sich dessen noch nicht bewußt. Bitten Sie Gott, Er möge Sie unterstützen dies zu verarbeiten. Klopfen Sie demütig an.

Dann sollen Sie Gott in Ihrem Herzen um Verzeihung bitten, daß Sie sich in diesen Streit verwickeln ließen. Damit wird ein **zerstörerisches Programm blockiert,** welches wahrscheinlich von Ihren Eltern an Sie weitervererbt wurde.

Dann müssen Sie um Verzeihung bitten, daß Sie nicht fähig waren von Anfang an das Benehmen des anderen zu verzeihen; denn dadurch haben Sie heftig und unüberlegt reagiert und erst recht einen Streit ermöglicht. Damit wird die eben frisch entstandene **emotionale Blockade abgeschwächt.**

Dann müssen Sie sich wieder verinnerlichen, um sich in die Situation des anderen einzufühlen, sein Verhalten und seinen Ärger verstehen, ihm reuig verzeihen und für ihn vor Gott um Verzeihung bitten. Damit wird die frisch entstandene **emotionale Blockade aufgelöst.**

Jetzt sollen Sie sich bei dieser Person, mit der Sie Streit hatten, entschuldigen. Leicht gesagt, würden Sie mir jetzt antworten. Was ist, wenn die betreffende Person meine Entschuldigung nicht annehmen will? Dann bitten Sie erneut Gott in Ihrem Herzen, Er soll das sture Benehmen entschuldigen.

Sprechen Sie bitte die Person nochmals an, sagen Sie ihr, daß Sie keinen Groll, keine Wut mehr auf sie haben, daß Sie keine schlechte Gedanken ihr gegenüber verspüren und sich aufrichtig freuen würden, wenn sie Ihnen verzeihen würde. Sollte sie immer noch nicht mit einer Versöhnung einverstanden sein, können Sie für diese Person im Moment nichts mehr tun.

Meist endet dieses gegenseitiges Verzeihen in einem längeren Gespräch, wobei hin und wieder dicke Luft aufkommen kann. Bleiben Sie ruhig und sachlich, lassen Sie sich nicht wieder aufheizen. Sagen Sie ruhig und offen, was Sie fühlen, damit der andere Ihre Reaktion auch verstehen kann, sich in Ihre Situation einfühlen kann. Durch dieses Verhalten können fast alle selbstverschuldeten oder anerzogenen seelischen Blockaden entstört werden.

Aufrichtigkeit sich selbst gegenüber ist oberstes Gebot. Dieses Verfahren, regelmäßig und konsequent angewendet, wird Ihnen helfen, Ihre geistige und körperliche Gesundheit zu bewahren wie auch die Ihrer Familie.

Meiner Meinung nach ist die **fehlende Liebe zum Nächsten** der springenden Punkt für alles, was schiefläuft in zwischenmenschlichen Beziehungen, bis hin zur Zerstörung der Erde, Kriegen, ökologischen Katastrophen usw.

Meiner Erfahrung und Überzeugung nach brauchen auch Tiere, Bäume, Steine, Gewässer, Felsen, Berge, Feuer, Wolken usw. unsere Nächstenliebe, weil sie eben auch beseelt sind und auf unsere Taten wie auch Gedankenwelt intensiv reagieren.

Karma

Wenn ein Mensch verliebt ist, werden ganz besondere feine seelische Felder aktiviert und die Fähigkeit, gewaltige Mengen an Energien freizusetzen, ist vorhanden.

In diesem Verliebtsein-Zustand wird die Schutzschicht der Aura stark gelockert, was eine gefährliche Verletzbarkeit der energetischen Felder im seelischen Bereich mit sich bringt.

Wenn in diesem Ausnahmezustand negative Gedanken oder Gefühle freigesetzt werden, damit meine ich solche, die weit über einen normalen Streit hinausgehen, besteht für später die Gefahr bleibender Schäden, die sich oft in schweren Krankheiten der Betroffenen oder deren Nachkommen äußert.

Für den modernen, "aufgeklärten" Menschen von heute ist es schwer zu glauben, daß Gedanken, Streit oder ungute Taten seine Gesundheit beeinflussen können. Dabei sollte man bedenken, daß eine deutliche Neigung dazu besteht, eine Inkarnation zur Löschung des Karmas zu nutzen, indem man in einer ähnlich vorbelasteten Familie wiedergeboren wird, die insgesamt ähnliche energetische Blockaden aufweist wie die eigenen.

Man gerät dadurch in ähnliche Situationen, die man in einem anderen Leben nicht gemeistert hat. Man ist sozusagen sitzengeblieben und muß dieselbe Klasse nochmals wiederholen. Es kann zur Aufstockung, Intensivierung wie auch zur Löschung der eigenen Blockaden führen. Der Zweck liegt darin, daß man die Chance bekommt, die eigene energetische Störung zu stoppen und aufzulösen.

Die Versuchung denselben Fehler nochmals zu begehen, ist allerdings auch gegeben. Es kommt z.B. vor, daß ein gewesener Alkoholiker in eine Familie von Alkoholikern geboren wird. Er kann Stärke beweisen und dem Alkohol angewidert den Rücken kehren oder der Versuchung zu trinken erneut erliegen. Gleiche Beispiele kann man fortsetzen mit anderen unguten Eigenschaften wie: Gewalttätigkeit, seelische Grausamkeit, Hochmut, Neid, Rechthaberei, Egoismus, Feigheit, Gier, Geiz, Gewissenlosigkeit, Haß, Sturheit, Genußsucht, Skrupellosigkeit, Streitsucht, Eitelkeit, Schamlosigkeit usw.

Wie recht hatten doch unsere Groß- und Urgroßeltern, als sie die Familie des/der Auserwählten ganz genau unter die Lupe nahmen, teils große Bedenken für das neue Glück äußerten, sollten sie irgendeinen Schandfleck entdecken oder unpassendes Verhalten wie

Aggressivität, Unbeherrschtheit, Respektlosigkeit, Ungehorsam oder Atheismus, anders gesagt: Gottlosigkeit; damals ein Allgemeinbegriff für mehrere ungute Eigenschaften.

Es gibt Menschen, die die Meinung vertreten, Schwerbehinderten sollte ein leidvolles Leben erspart werden, indem ihnen das Recht zu leben genommen werden sollte.
Im geistigen Sinn ist so ein Leben immer sinnvoll. – Ein behinderter Mensch kann so geboren werden, um seiner Familie zu seelischer Reife zu verhelfen oder um eigenes Karma zu löschen oder seine eigene Seele zu festigen oder schicksalsbedingt in das Leben anderer Menschen einzugreifen usw.
Ein behindertes Kind abzutreiben, bedeutet, ihm diese Chance, welche auch immer von Gott erlaubte und von dieser Seele gewollte Inkarnation, zu verneinen. Es ist und bleibt eine unerlaubte Einmischung in das Schicksal eines Menschen, wie auch in das eigene Schicksal. – Oder weiß jemand von uns, was wir uns genau vorgenommen haben in diesem Leben? Mit welchen Prüfungen wir einverstanden waren? Ob wir unseren Lebenspartner als Strafe oder Belohnung bekommen haben?

Wer dankbar und ohne Auflehnung alle Prüfungen im Leben akzeptiert, so wie sie kommen, spart ein immenses Energiepotential, das dazu benutzt wäre, um sinnlose Vorwürfe auszustoßen in einer Situation, die sowieso nicht mehr zu ändern wäre. – Dieses Energiepotential kann optimal dazu benutzt werden um die geistige Entwicklung eines Menschen voranzutreiben.

Die Menschen, die in einem bestimmten Gebiet leben, haben sich ein kollektives Karma erschaffen. Dieses Karma ist die Ursache für bestimmte Ereignisse, die in der Zukunft stattfinden werden (bzw. stattgefunden haben) und dadurch das Schicksal der betreffenden Menschen entscheidend beeinflussen. Auch werden Menschen mit ähnlichem Karma gehäuft in ein bestimmtes Volk hineingeboren, dessen Schicksal schon feststeht.
Das kollektive Karma kann sich auch ändern oder verschieben, wenn mehrere einzelne Personen oder Personengruppen sich für einen spirituellen Weg entscheiden und dadurch ihr individuelles Karma ins Gute verändern. Da aber eine ganze Nation nicht so schnell einen spirituellen Weg einschlagen kann, bleibt es jedem einzelnen freige-

stellt, in welchem Umfang er dazu beitragen will, das eigene Schicksal, das seines Volkes und das der Menschheit zu ändern.
Das Karmageschehen ist dynamisch und läßt sich beeinflussen. Alles liegt in der Hand des Menschen und in seiner Bereitschaft, geistige Gesetze der Nächstenliebe zu akzeptieren und zu befolgen.

In Sparta wurden behinderte oder kränkliche Kinder ertränkt, nur um gesunde Nachkommen zu sichern. Der spartanische Staat beging dadurch geistigen Selbstmord und ging trotz gesunder Nachkommenschaft schnell zugrunde.
Manchen Frauen liegt eine Abtreibung schwer auf der Seele, da sie nachher keine Kinder mehr (??? !) bekommen können, oder – aus welchen Gründen auch – für immer (?!) unfruchtbar geworden sind.

Während unseres Urlaubs in der Türkei erzählte uns ein Händler im Basar einen Witz:

Allah, der Allmächtige, sollte viele Sünder zu sich bestellt haben, um die richtige Strafe für jede Sünde zu bestimmen. Die schlimmste Strafe bekam ein Arzt.
"Wieso?" fragte dieser entsetzt, "Ich helfe doch den Menschen, ich mache sie gesund, ich nehme ihnen mit meiner ärztlichen Kunst die Schmerzen und das Leid weg!"
"Eben deswegen!" sagte der allmächtige Allah „Ich lasse sie krank werden, damit sie ihre eigene Sünden wiedergutmachen können, und du erlaubst ihnen nicht, sich dessen bewußt zu werden!"

Aus dieser Hinsicht haben die Religionen der Welt weitaus mehr getan für die körperliche, seelische und geistige Gesundheit der Menschheit als die Medizin von ihren Anfängen bis jetzt.
Die heutige etablierte Medizin weigert sich immer noch hartnäckig, den Menschen als eine Einheit aus Körper, Seele und Geist anzunehmen. Ihr Sinn und Zweck – die Heilung der Menschen – kann nicht erfüllt werden, indem der irdische Körper wie eine kaputte Maschine repariert wird.
Der Mensch ist ein seelisch-energetisch-informatives System, wovon der physische Körper etwa 2 - 5 % ausmacht. Die restlichen 95 - 98 % gehören den seelischen Bereichen, dem Unter- und Überbewußtsein an, uns so unbekannt und oft so unerreichbar wie die Tiefen des Universums.

Bei der Betrachtung des alarmierenden Gesundheitszustandes des Menschen denke ich nicht nur an die karmische Belastung, sondern auch daran, daß die seelischen Prozesse sich in den letzten Jahren mehrfach beschleunigt haben. Also auch die Karma-Auflösung. Es ist falsch, wenn ein Heiler die energetischen Blockaden abstreift. Für eine vorübergehende Gesundung des materiellen Körpers werden die geschädigten Blockaden, die meist im seelischen-emotionellen Körper zu finden sind, in die viel tieferen Schichten des Unterbewußtseins geschickt. Dadurch wird nachhaltig das geistige Immunsystem zerstört. Im Klartext: Es setzt ein Prozeß der Degenerierung in allen Bereichen ein. Da die Schutzgrenze zwischen Bewußtsein und Unterbewußtsein nachhaltig zerstört ist, findet ein Anstieg der unbewußten latenten Aggressivität statt, die zuletzt zur Selbstzerstörung führt.

Ein ernstes Anzeichen dieses Prozesses ist die sogenannte Gentechnologie! Durch gentechnologische Experimente werden karmisch programmierte energetische Felder durcheinandergebracht, in dem man sie miteinander kreuzt. Also die genetischen Codes von Mensch und Tier, von Tier und Pflanze und weiß Gott was noch, welche hirngespinstischen Kombinationen wie z.B. Fisch mit Tomate. In USA ein Verkaufsschlager – ich meine die Tomate mit Fischgenen.

Kosmos

Es ist wichtig zu wissen, was passiert, wenn wir den lieben Gott spielen: Die bestehenden kollektiven karmischen Felder (Menschheit, Tierspezies, Pflanzenarten mit allen Unterteilungen) wehren sich gegen unangepaßte, störende Informationen oder unpassende neue Programmierungen, indem diese blockiert werden, blockiert in ihrem Fortbestehen.

Es ist ein recht komplizierter Vorgang, der in seinem Ablauf einer Grippe-Erkrankung ähnelt, nur daß sich so etwas im planetarischen bis interplanetarischen Bereich ausdehnt, der Kranke ein Planet ist, unsere Erde, und die Grippe 'Homo sapiens' heißt.

Infolge der Vermehrung der störenden Eingriffe in den etablierten – von Gott bestimmten – harmonischen Feldern aktiviert das Immunsystem der Erde, des Solarsystems und der Galaxie die Abwehr.

Es folgt eine massive Degenerierung aller verwandten oder ähnlichen energetischen Felder, anschließend deren radikale Ausrottung, in-

dem diese, in Materie verankert, anscheinend außer Kontrolle geraten. – Endresultat: Massensterben von Pflanzen, Tieren und Menschen infolge von Naturkatastrophen (Feuer, Hurrikane, gewaltige Stürme, Tornados, Überschwemmungen, Erdbeben) wie auch durch kosmische Katastrophen, Meteoriteneinschlag, kosmischen Nebel oder Kollision mit einem anderen Himmelskörper.
Ich bin überzeugt, daß wir an diesem Punkt angekommen sind. Daß der Zerstörungsprozeß aller lebenswidriger Gedanken und zerstörerisch angewandter Energien sowie die Rettung des Planeten durch Dezimierung der Menschheit bereits seinen Lauf genommen hat.

Ferner ist es ratsam, daran zu denken, daß unsere Erde ein großes hermaphroditisches kugelförmiges Tier ist, das bereit war, eine Symbiose mit uns Menschen einzugehen.
Unser Planet gehört zu einer wichtigen Zellkonfiguration im Körper eines riesigen kosmischen Menschen, dessen Mikrokosmos wir sind.
Dieser kosmische Mensch ist uns gleich in seiner körperlichen, seelischen und geistigen Zusammensetzung.
Genauso wie unser Immunsystem zur Bekämpfung einer Krankheit die Abwehrkräfte mobilisiert, die Art der Bakterien oder Viren auskundschaftet, um die richtigen Freßzellen zur Rettung einer Zelle, eines Organs oder Gewebeteils auf den Weg zu schicken, genauso passiert es auch im Organismus diesen kosmischen Menschen.
Die Zelle, die von uns Menschen bewohnt ist, wird u.a. auch durch **Kometen,** zum Nervensystem des kosmischen Menschen gehörend, in regelmäßigen zeitlichen Abständen ausgekundschaftet.

Die Botschaften oder die Schmerzenschreie der Erde nehmen wir nicht wahr, auch ist es uns nicht bekannt, wie unser Planet sich mitteilt oder mit unserer Sonne oder anderen Himmelskörper kommuniziert. Das bedeutet nicht, daß die Erde das nicht tut.
Unser Planet ist ein Lebewesen, welches sich bewegt, innere Organe hat, die unseren fast gleich sein sollen – und das Wichtigste: Unser Planet hat eine Gefühls- und Gedankenwelt, sonst wäre er nicht fähig, als Wiege der Menschheit zu fungieren.
Also ist es ihm auch möglich, Botschaften ins All zu senden, die das Immunsystem dieses kosmischen Menschen informieren, wie es um in bestellt ist: ob eine bestimmte kosmische Strahlung notwendig ist, ob die planetarische Sonne ihn optimal versorgt, ob die Menschheit, die ihn vorübergehend als Wiege benutzt, im Einklang steht mit ihrer von Gott bestimmten Entwicklung, usw.

Tritt dieser bedauerlicher Fall ein, daß die Menschheit einen Planeten ausbeutet oder zerstört, wirkt sich das automatisch auf die Energiefelder der benachbarten Planeten und der Planetarsonne aus. Zeigt ein ganzes Solarsystem Störungen in seinem Energiehaushalt, sind die unmittelbaren, mehr oder weniger entfernten Sonnensysteme auch gefährdet.

Es ist ausgeschlossen, daß diese zunehmende Alarmbereitschaft und die regelmäßigen Zustandsmeldungen der Planeten und Sonnensysteme vom Immunsystem des kosmischen Menschen übersehen werden können.

In der Tat: Der kosmische Mensch ist gerade dabei, uns zu eliminieren: Unterwegs zur Erde befinden sich mindestens zwei Himmelskörper und eine kosmische Nebelwolke (Antikörper), die in ihrer Zusammensetzung die optimale Vernichtung der bösartigen Parasiten – also uns – garantieren. Dabei geht das Immunsystem des kosmischen Menschen stufenweise vor.

Wichtig ist, daß dem Planeten Erde geholfen wird, seine Peiniger loszuwerden. Was der Planet selbst erledigen kann, wird auch dem Planeten überlassen: neue Strukturierung der Magnetfelder, Veränderung der Ozean- und Meeresströmungen, Neugestaltung der Luftströmungen, Umschichtung der Erdplatten durch für uns verheerende Erdbebenstöße sowie die allgemeinen groben Reinigungsarbeiten, die eben mit diesen Umstrukturierungen verbunden sind. Für uns Menschen eben globale Naturkatastrophen.

Der Erde wird nur tätig geholfen, wenn sie nicht mehr weiter kann. Mehrere Schritte sind möglich, deren Folge und Koordination man nur vermuten kann. – Möglich ist, daß ein Meteorit auf die Erde fällt und dadurch eine Kettenreaktion von gewaltigen Naturkatastrophen auslöst. Möglich ist auch, daß ein großer Meteorit oder Komet die Erdatmosphäre streift, um dadurch ein Erdschaukeln oder eine Umpolung hervorzurufen. Möglich ist auch, daß eine kosmische giftige Wolke unsere Erde umarmt, um dadurch die übermäßigen Parasiten zu dezimieren. Ihre Giftgaszusammensetzung soll optimal auf unsere irdischen Körper abgestimmt sein, die Zusammensetzung unserer Atmosphäre und die möglichen chemischen Reaktionen inbegriffen.

Erfreulich ist, daß alle "Antikörper", die die Erde ansteuern, um ihr zu helfen, eine automatische Schutzschwingung für uns haben. Diese Schutzschwingung ist für jene Menschen bestimmt, die mit dem göttlichen Gesetz der Nächstenliebe im Einklang sind.

An Gott glauben bedeutet in erster Linie, ihm vertrauen. Die Ausrichtung zu Gott, gerade in solchen Extremsituationen, ist ihre Überlebensgarantie, sofern sie nicht durch unüberlegtes Handeln sich selbst in Gefahr bringen (Angst, Vertrauensverlust und ähnliches mehr). – Spätestens jetzt sollte uns klar werden, warum wir täglich an uns arbeiten sollen, um nur liebevolle, lichtvolle, friedliche Gedanken an unsere Umgebung freizugeben.

Das negative Potential

Warum können böse Gedanken und Worte gefährlich sein?
Wenn wir an jemanden denken, schlagen wir eine feine Energiebrücke zwischen ihm und uns. Dadurch wirkt ein schlechtes Wort wie ein energetischer Angriff auf die betreffende Person, genauso wie ein gutes Wort aufbauend wirkt.
Wird eine ungute Botschaft, die wir senden, abgewehrt, wenn auch nur zum Teil, dann werden wir dadurch selbst geschädigt, denn unser Energiefeld wird durch die eigene Schwingung geschädigt, oft ohne daß wir es merken.

Das gesprochene Wort intensiviert zusätzlich die entsprechende gesandte Schwingung, ob sie gut ist oder schlecht.

Die jetzige Situation auf der Erde spitzt sich dramatisch zu, denn ihr Energiefeld ist gesättigt mit unguten, aggressiven, bösartigen Schwingungen und Informationen jeglicher Art. Das negative Potential ist so aggressiv und aufgebauscht, daß jeglicher ungute Gedanke reicht, um jemanden zu schädigen. Dieser ungute Gedanke kontaktiert die unguten Energiefelder als schnelle Leitung zur betreffenden Person und manifestiert sich als energetischer Angriff.

Woher kommt dieses negative Potential? – Im Laufe der Jahre hat sich schon was angesammelt: von Kriegen, Folterungen, Tierversuchen, Umweltzerstörung, Gewalt in der Familie, Mißhandlungen, Menschenmassenmanipulationen, von den täglichen Fernsehprogrammen (Krimis, Gewalt- und Gruselfilmen), von Politik-Intrigen, der ständigen Verdrehung der Lüge zur Wahrheit usw., um nur ein paar der aktuellen Ätherverschmutzer zu nennen. Diese destruktiven Gefühlsmuster bilden im Äther große dunkle beseelte Schatten.

Wenn sie groß und stark genug sind, nehmen sie Gestalt an, werden zu dem, was wir Christen einen Dämon nennen. Dieser ernährt sich von unseren bösen Gedanken aller Art.

Alles schlägt sich seit ein paar Jahrzehnten nieder, so daß die Erde mehrere schwere energetische Blockaden aufweist, die nicht mehr aufgestockt werden können und schon seit ein paar Jahren begonnen haben sich aufzulösen, indem sie ihre Wurzeln in den materiellen Bereich immer fester verankern. – Wehe uns Menschen, wenn diese Verankerung Gestalt annimmt!

Es reicht nicht aus, daß man als Mensch sozusagen 'gut ist'. Man soll sich bemühen, keine unguten Gedanken zuzulassen, und aktiv nur **gute liebevolle Gedanken** als Begleiter in seinem täglichen Leben erlauben.

Warum erwartet Gott, daß wir über andere nicht richten?
Warum sollen wir unserem Nächsten vergeben – auch wenn wir im Recht sind?
Warum sollen wir nicht töten?
Warum sollen wir unsere Feinde lieben?
Warum sollen wir unseren Nächsten lieben wie uns selbst?

Ist unser geistiges Immunsystem intakt, wird es imstande sein, jeglichen energetischen Angriff erfolgreich abzuwehren, ohne daß er uns persönlich schaden kann.
Wo gezielte Gedanken in der heutigen Situation sogar töten können, sollen wir rechtzeitig alle notwendigen Maßnahmen treffen, damit wir und unsere Familien von solchen Angriffe geschützt werden.

Ich erinnere mich an eine Situation, die ich vor Jahren nicht verstehen konnte. Mein Vater wurde von einem Arbeitskollegen massiv beschimpft, beleidigt, schikaniert, fertig gemacht, täglich.
Mobbing, würden Sie sagen.
Ich erlebte einmal mit Empörung, wie das vor sich ging. Es war für mich unverständlich, wie mein Vater seine Nerven behalten konnte, während der andere ihn regelrecht fertigmachte und sich immer mehr in seine Beschimpfungen steigerte.
Mein Vater reagierte auf die massiven Beleidigungen und Beschimpfungen gelassen und freundlich, er bat den Mobber wiederholt, sich nicht so stark aufzuregen, denn das würde ihm nicht so gut bekommen. Mir sagte er nachher, es ist ihm wichtig, sich nicht auf die glei-

che Stufe zu begeben; dem Mann sei nicht zu helfen, er hätte eine seelische Störung. Da halt alle Beschimpfungen nicht der Wahrheit entsprechen, sehe er auch keinen Grund, sich darüber zu ärgern oder sich Gedanken zu machen.

Nach ein paar Monaten drehte der Mann durch und wurde in die Psychiatrie eingeliefert, wo er auch blieb.

Meinem Vater tat der Mann sogar leid, da so etwas vorauszusehen war. Er fühlte sich während der ganzen Zeit keineswegs gekränkt oder angegriffen, sondern war immer bester Laune und sagte mir, mit Gottes Hilfe ist alles zu bewältigen.

Für mich war damals das Ganze ein Rätsel. Erst jetzt verstehe ich, welch geistigen Schutz er sich durch seine Haltung aufgebaut hat.

Gedankenstrukturen

Es ist nicht so, daß wir heute über jemanden schlecht sprechen und morgen uns der Schlag trifft. Es dauert seine Zeit, und es bedarf manchmal Jahre, in der heutigen Situation nur Monate oder Wochen, bis uns und unsere Familie Unglück, Leid und Krankheit erreichen.

Der Gedanke, gut oder schlecht, ist ein Informationsteil, der sich in einer informationellen Struktur und nachher in einem seelisch- energetischen System darstellt. Eine informative Struktur besteht aus vielen Gedanken, also aus vielen Info-Teilen, die sich im Laufe einer kurzen oder längeren Zeit gesammelt und kristallisiert haben.

Ein seelisch-energetisches System ist viel komplizierter und besteht aus verschiedenen Info-Strukturen, die eine gewisse Verwandtschaft vorweisen können. Dies geschieht aufgrund mehrerer Ereignisse im Leben, die je nach der emotionellen Heftigkeit und Häufigkeit sich schneller oder langsamer zusammenfügen.

Zerstörerische Gedanken tendieren dazu, die spirituelle Barriere zu zerstören, die die Erkrankung der materiellen Körper behindert. Dadurch bekommt der Körper eine niedere Schwingung und wird anfällig für Krankheiten.

Nun stellt sich die Frage: Wenn das vorher Gesagte stimmt, wieso werden Massenmörder nicht auf der Stelle krank und sterben? – Weil ein Verbrechen wie Totschlag, Vergewaltigung, Mord, Anstiftung zum Mord, an einem Menschen oder Volk, sich sofort in den karmatischen Bereich manifestiert.

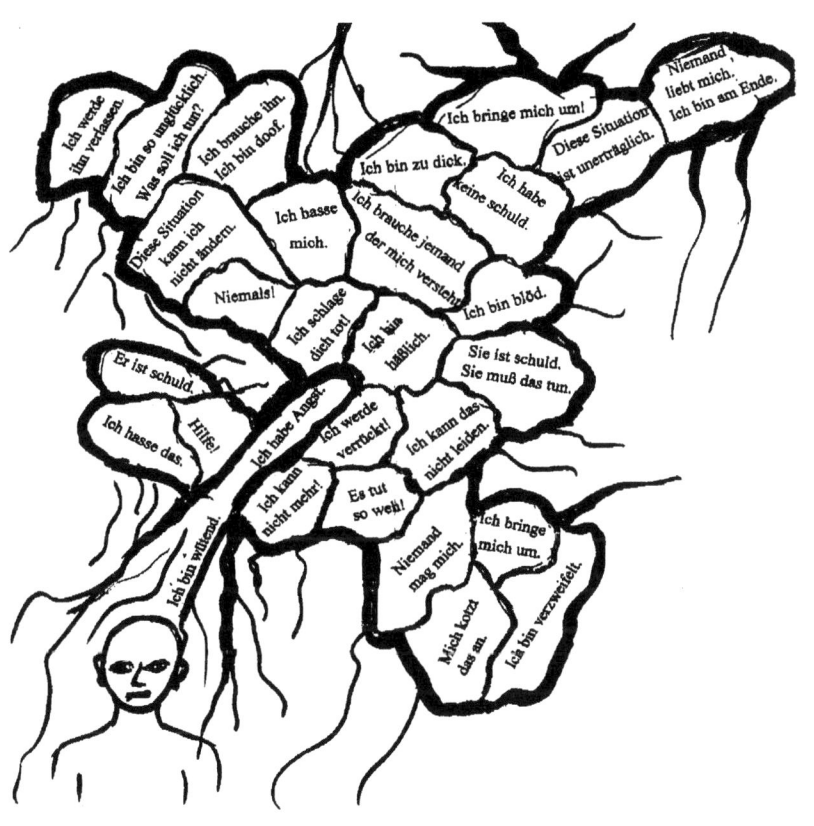

Mörder, Tyrannen, Diktatoren oder Volksverbrecher haben überraschenderweise kaum energetische Blockaden im emotionalen Bereich. Sie sind sozusagen sauber. – In der Praxis sieht es so aus, daß der tyrannische Ehemann sich blühender körperlicher Gesundheit erfreut, während die Ehefrau, die jahrelang unter seinem Verhalten leidet, schwerkrank ist.

Viele unter den Berufstätigen leiden unter Mobbing. Sie werden tatsächlich krank an der schrecklichen Arbeitsatmosphäre, die ihnen vom Chef oder von Kollegen oder von beiden zugemutet wird. Diese Taten manifestieren sich im seelischen Bereich, in der karmischen Schicht, und kommen später zur Erlösung, entweder durch eine körperliche Krankheit in diesem Leben oder durch eine Behinderung in einem anderen Leben. Aber auch dadurch, daß der Täter die gleiche Erniedrigung, seelische Grausamkeit oder körperliche Gewalt erleben muß, die er einem anderen auch angetan hat.

Vampirismus

Der **energetische Vampirismus** ist heute ein brennend aktuelles Problem. Es ist sehr wichtig zu wissen, wie sich das manifestiert, wie man sich dagegen schützen kann, sowohl am Arbeitsplatz, wie auch zu Hause, auf Veranstaltungen oder in gefährlichen und kritischen Situationen.

Vampirismus ist nicht nur ein Lebensenergie-Diebstahl, sondern auch ein Symptom der Gottlosigkeit, die zur Zeit immer mehr um sich greift. Es ist ein unerlaubter Angriff auf die energetische Immunität eines anderen, mit der Schlußfolgerung, daß der Angreifer sich selbst auf dreifache Art schädigt: Schicksal (sprich: Karma), geistige Entwicklung und Gesundheit.
Wer fremde Energie bewußt oder unbewußt anzapft, benötigt mit der Zeit immer mehr davon, weil sich bei ihm die feinen Kommunikationskanäle, die ihn mit kosmischer Energie versorgen, nach und nach verschließen. Dieser Prozeß ist nicht leicht zu stoppen.

Der Vampirismus wird am Anfang verursacht durch extremen Egoismus, der sich in Gedanken, Gefühlen und Taten äußert. Aggressionen und Mißhandlungen jeder Art, Vandalismus, Grausamkeit, Sadismus, Streitsucht usw. sind Formen des geistig-energetischen Vampirismus.

Dementsprechend gibt es verschiedene Sorten von Vampiren. Die meisten von ihnen versuchen, unsere Aufmerksamkeit zu erregen, indem sie ständig beleidigt, liebesbedürftig, kränklich und unglücklich sind. Viele von dieser Sorte füllen die Wartezimmer der Ärzte.

Andere erheben Machtansprüche über unsere Entscheidungen und versuchen, uns zu überzeugen, dies und das für sie zu erledigen, ihnen oder uns selbst etwas zu kaufen, und sind wütend oder verzweifelt, wenn wir uns ihrer charismatischen Ausstrahlung nicht beugen.

Wieder andere versuchen, in unsere Persönlichkeit einzudringen, um uns Angst, Zweifel oder Mißtrauen einzuflößen, ob es um eine Beziehung geht oder um eine Person oder sogar um unsere eigenen Fähigkeiten. Wichtig ist daß man Ihnen zuhört.

Wie gehen diese Vampire vor?
Was tun sie, um sich die nötige Energie zu besorgen?

Sie toben, schreien, brüllen, beleidigen, erniedrigen, spotten, quälen ihre Opfer, versuchen mit verschiedenen Mitteln, den anderen unterzuordnen, denn nur so können sie ihm die Lebensenergie stehlen.

Wie das funktioniert, kann man am besten an Kindern beobachten.

Wie perfekt die Kleinen die Mutter auslaugen können, weiß jede Mutter, die den Fehler macht, sich auf ein Machtspiel mit dem Kind einzulassen. – Der Kleine neckt, ärgert, jammert, schreit, stellt Blödsinn an, bis die Mutter die Beherrschung verliert, ihn anschreit oder ihm einen Klaps verpaßt. Dann bekommt das kleine Teufelchen das, was es instinktiv braucht und will: Lebensenergie, aber auch den Hinweis: "Hier ist die Grenze."

Die Sache wird erst sehenswert, wenn zwei Kinder sich instinktiv abwechseln. Dann hat die Mutter kaum eine Chance. Jede Mutter, die zwei Kinder nacheinander bekommt, weiß es: Einer schreit immer.

Sind alle Kinder, mehr oder weniger, Energievampire?

Ich weiß, diese Bezeichnung erzeugt Ablehnung und Empörung.

Fragen Sie eine alleinerziehende Mutter, ob verheiratet oder nicht, die drei oder vier Kinder nacheinander bekommen hat und ohne Hilfe von Mann oder Verwandtschaft für sie sorgen muß. – "Ja, sicher! Sind sie!"

49

Sie wurden während der Schwangerschaft durch den Organismus der Mutter auch mit kosmischen Energien versorgt. Warum sollten sie jetzt darauf verzichten? Durch die unmittelbare Nähe der Mutter in der Babyzeit und durch das Stillen wird das Kind weiter durch die Mutter mit kosmischer Energie versorgt. Der Kleine braucht das.

Jetzt leuchtet uns ein, warum ein Frühgeborenes, das im Tragetuch bei der Mutter verweilen darf, sich erheblich besser entwickelt als ein termingerechtes Brutkastenkind. Jetzt können wir uns erklären, warum ein krankes Kind in Mutters Bett schneller gesund wird. Jetzt verstehen wir auch, was die Mütter meinen, wenn sie sagen, durch das Abstillen hat sich das Kind endgültig abgenabelt.
Das Kind ist jetzt größtenteils auf sich selber angewiesen, um auch die feinen kosmischen Energien für seine seelische Entwicklung anzuzapfen. Das bedeutet keineswegs, daß die Kleinen auf die Lebensenergie und Fürsorge, die ihnen durch ihre Eltern zusteht, verzichten müssen oder können. Die elterliche Zuwendung sollte ihnen bis ins Erwachsenenalter zugesichert sein.
Das Problem liegt daran, daß nicht alle Kinder fähig sind, sich die feinen Kanäle aufzubauen, um sich mit kosmischer Energie zu versorgen. Die Gründe sind in der Zeit vor und während der Schwangerschaft der Mutter zu finden, aber auch im falschen Verhalten der Eltern dem Kind gegenüber.

Wenn Sie Eltern sind, sollten Sie alles tun, um Ihre Kinder vor Energieräubern zu beschützen, aber auch darauf achten, daß ihre Kinder nicht durch Ihr Verhalten genötigt werden, um Lebensenergie zu kämpfen.

Wer Kinder als kleine Dummköpfe ansieht, wer sie so behandelt, sie erniedrigt, oder sich auf ihre Kosten amüsiert, nur um dem Kind gegenüber stark und klug zu wirken, hat schon einen gewaltsamen Angriff auf die feinen Energiefelder des Kindes gestartet.
Das gilt für alle Eltern und Erzieher, die ihre Macht und Verantwortung mißbrauchen, indem sie die Bedürfnisse der Kinder ignorieren, sie belügen, ungerecht bestrafen, einschüchtern oder ihnen Liebesentzug antun.
All das sind Maßnahmen, die das zarte Kind zwingen, für die Liebe, die ihm zusteht, zu kämpfen, oder sich anders die Lebensenergie zu beschaffen, da die Schleusen der elterlichen Fürsorge geschlossen sind. Gerade kleinen Kindern bleibt nichts anderes übrig, als mit allen

für sich verfügbaren Mitteln Zuwendung zu erpressen, zu rauben, zu stehlen, zu überlisten, zu erbrüllen usw.

Alle vernachlässigten Kinder sind potentielle Energievampire.

Die Beendigung und Überwindung der Trotzphase ist die eigentliche Prüfung für die Eltern, ob das dem Kind gelungen ist oder nicht.
Das Problem liegt darin, daß nicht alle Kinder fähig sind, die feinen Energiekanäle aufzubauen, um sich selber mit göttlicher Energie zu versorgen. Die Gründe sind in der Zeit der Zeugung, vor und während der Schwangerschaft zu finden, aber auch im falschen Verhalten der Eltern und Verwandtschaft dem Kind gegenüber. Das kann sowohl zu viel Nachgiebigkeit wie auch Härte in der Erziehung sein.
Oft sind die Mütter selbst schuld: Indem sie pausenlos, bei jeder Gelegenheit, Unpäßlichkeit oder etwas Kränklichsein das Kind auf den Arm nehmen, verhätscheln, gewöhnen sie es daran, den bequemen Weg zu wählen. – Warum sich selber versorgen, wenn es bequemer ist, fertige Energie von der Mutter anzuzapfen, um gesund zu werden, oder gesund heranzuwachsen!

Besonders delikat gestaltet sich die Situation bei Kindern, die infolge bestimmter energetischer Schädigung und vom Mutterbauch ererbter Blockaden diese niedere Lebensenergie brauchen, um sich zu erholen.
Wenn die Mutter den Kleinen anschreit und ständig gereizt auf das Kind reagiert, gewöhnt sie das Kind an die Aufnahme von primitiver Lebensenergie, und fühlt sich selber müde, ausgelaugt und entsprechend verzweifelt. Ihre Behauptung, das Kind lauge sie aus, entspricht durchaus der Wahrheit.
In diesem Fall ist besonders jene Mutter gemeint, die keine Verwandtschaft als Hilfe in der Not in der Nähe hat. Denn wenn die Verwandtschaft der jungen Mutter unter die Arme greift, wird es für die Mutter leichter, da das Kind mehrere Personen zur Verfügung hat, von denen es genügend Lebensenergie anzapfen kann. Dies braucht jedes Kind eine gewisse Zeit, bis bei ihm die Leitung nach oben genug gefestigt ist, um es zu versorgen.
Gelegentlich, wenn es krank ist oder traurig, greift wieder jedes Kind an die ursprüngliche bewährte Zapfsäule – die Mutter.

Hat sich ein Kind durch familiäre Um- und Zustände daran gewöhnt, von Familienmitgliedern Energie anzuzapfen, verpaßt es den richtigen Zeitpunkt, seine eigenen Energiekanäle nach oben zu festigen.
Die Folge ist die Unfähigkeit des Kindes, sich für geistige Werte zu öffnen. Das Kind bleibt eine längere oder kürzere Zeit im Zustand des Vampirismus, bis es dann doch schafft.

Wie können wir den kleinen Vampir erkennen?

Man kann es daran erkennen, wenn das Kind über andere Spiel- oder Schulkameraden spottet, sie schlägt, auch wenn Tiere geschlagen, gequält werden, wenn ältere Menschen von ihm verspottet werden oder sogar geschlagen und beraubt. Diese Kinder neigen zu Vandalismus, Sadismus, Gewalt, und wenn nichts unternommen wird, können später Schwerverbrecher daraus werden.
In allen diesen Situationen haben wir es mit einer Form des Vampirismus zu tun. Diese Sorte Energievampire wollen ihre Macht über andere ausüben durch rohe Gewalt, durch Randalieren, Erniedrigung, Schlagen, Vergewaltigung. Ihr Opfer muß leiden, weinen, um Gnade bitten, vor Schlägen und Schmerzen Angst haben, winseln, schreien, sich ihnen ausgeliefert fühlen, froh sein, wenn der Täter sie in Ruhe läßt.
Kinder, die unter Energieraub leiden (die Opfer), sind meist blaß, ermüden schnell, sind kränklich und neigen dazu, um Hilfsbereitschaft und Mitleid zu betteln, um eben die fehlende Lebensenergie wiederzubekommen.

Zu der gleichen Sorte der Machtvampire, aber in umgewandelter, subtiler Form, gehören auch manche Politiker, Abteilungsleiter, Chefs in Verbänden, Industrie und anderen Organisationen.
Auch Abonnentenwerber, Meinungsforscher, Heilsprediger können unter Umständen unser mangelndes Selbstvertrauen ausnutzen und durch gekonnte Machtausübung unsere Nerven und unseren Geldbeutel strapazieren. Diese sind auch eine Art Lebensenergie.

Das Vampirismusproblem ist komplizierter als gedacht, denn genauso wie ein Vampir Energie raubt, genauso ist er gefährdet, von einem anderen Vampir seiner eigenen Lebensenergie beraubt zu werden. Es entsteht ein Teufelskreis.
Der Betreffende hat immer größere Schwierigkeiten sich mit kosmischer Energie zu versorgen, da seine feinstofflichen Möglichkeiten

dies zu tun immer mehr eingeschränkt werden, um so öfter er Energieraub begeht. Am Ende steht der Wahnsinn oder eine schwere Krankheit. Das Krankenhauspersonal weiß und fühlt, daß ihnen von Schwerkranken Energie abgenommen wird.

Die Folgen des Vampirismus auf energetischer Ebene sind schlimm, da diese Unfähigkeit, kosmische Energie aufzunehmen und für sich zu nutzen, vererbt wird. Diese Vererbung äußert sich meist in der Form, daß den Kindern und Enkeln Energie von den eigenen Verwandten, eigenen Eltern, unbewußt abgezapft wird. Fehlgeburten, schwere Krankheiten, Tod des Kindes bis hin zur Kinderlosigkeit ist die Folge.
Sie fragen sich bestimmt, warum ich so intensiv auf die Kindheit eingehe. – Weil sie der Schlüssel zu unserem Verhalten als Erwachsener ist. Nicht immer, aber sehr oft.
Es ist sehr wichtig für uns, diese Zusammenhänge in der eigenen Familie zu erkennen, um die rettenden Maßnahmen zu treffen. Es ist nie zu spät, eine Änderung in verfahrene Familienverhältnisse zu bringen. Das bringt allen Beteiligten nur Segen.

Kann es sein, daß ich unbewußt ein Energievampir bin?
Wie kann ich das feststellen?

Kleine Kinder setzen sich ungern einem Vampir auf den Schoß. Haustiere meiden seine Nähe. Freunde, Verwandte sowie Bekannte halten sich nicht lange in seiner unmittelbaren Umgebung auf.
Solche instinktiven Reaktionen sollten Sie warnen, da Sie womöglich, ohne zu wissen, auch ohne zu wollen, anderen Menschen in Ihrer Umgebung Lebensenergie abzapfen.
Selbstverständlich kann sich ein Energievampir von seiner bewußten oder unbewußten Leidenschaft befreien.

Zwangsläufig stellen sich auch andere Fragen: *"Wird vielleicht auch mir Energie entzogen, ohne daß ich davon weiß? Wie kann ich mich davor schützen?"*
Gefährdet sind vor allem Menschen, deren psychischer Schutzschild aus verschiedenen Gründen unvollständig bzw. geschädigt ist. Dunkle Stellen in unserer Aura können darauf hinweisen, daß unser geistiges Immunsystem nicht mehr intakt ist. Sie können eine Schädigung durch z.B. Gewalteinwirkung (seelische oder körperliche, in diesem Leben oder in einem anderen Leben) vorweisen.

So eine Schädigung deutet immer daraufhin, daß traumatische Ereignisse den freien Fluß der Energie um unseren Körper verhindert, daß wir auf irgend einer Weise angreifbar sind. Diese Schädigung ist auf einem Foto wie auch in der Realität, sogar auf große Entfernung für andere Menschen instinktiv erkennbar.

Das bedeutet, daß wir Energievampire anziehen, und zwar diejenigen, die zu dieser unserer Schädigung passend sind. So erklärt sich, warum wir im Leben immer wieder die gleichen Fehler machen, warum wir auf die gleichen Leute reinfallen, warum wir immer wieder die gleichen Situationen ansteuern, die uns wütend machen.

In der Nähe eines Energievampirs müssen wir uns auf schlimme Raubüberfälle auf unsere Psyche einstellen. Es kann passieren, daß wir in seiner Nähe plötzliche Schuldgefühle, Angstzustände, Wertlosigkeit, hoffnungslose Unterlegenheit, Hilflosigkeit, Wut und Trauer, große innere Unruhe fühlen und sogar Panikattacken bekommen.

Besonders gefährdet sind spirituell orientierte Menschen, die geistig geöffnet und hilfsbereit sind. Auch Menschen, die Heilberufe ausüben, wie Ärzte, Physiotherapeuten, Psychologen, Heiler, Frisöre, usw. sind tagtäglich mit psychischem Abfall und kränklichen Menschen konfrontiert und ständig der Gefahr ausgesetzt, ihrer Energien beraubt zu werden. Man sollte damit rechnen, daß viele Klienten potentielle Energievampire sind, oft unbewußt. Sie nutzen instinktiv die offenen Felder des Therapeuten um Energieraub zu begehen, da sie selber das dringend brauchen.

Im täglichen Leben, in unseren Familien und auch am Arbeitsplatz gibt es genug verfahrene Konfliktsituationen, die auf einen chronischen vampirischen Zustand hinweisen.

Was tun, wenn man auf der Straße angepöbelt, angegriffen wird?
Was tun, wenn der Ehemann schon wieder gewalttätig wird?
Was tun, wenn die Ehefrau wieder mal tobt?
Was tun, wenn das Kind einem wieder den letzten Nerv raubt?
Was tun, wenn man in eine lebensgefährliche Situation kommt?
Was tun gegen Mobbing im Büro und am Arbeitsplatz?

Die Lösung ist einfach und für viele von Ihnen unglaublich verblüffend: Wir sollen das tun, was viele von uns vergessen haben: innerlich **um Hilfe bitten.**

Ist das lächerlich? Unpassend? – Viele meinen, sie glauben schon an Gott! Aber auf die Idee, Ihn um Hilfe zu bitten, kommen ganz wenige.

Warum? – Weil sie nicht für möglich halten, daß es funktioniert. Gott ist weit weg, oben im Himmel. Er kann doch nicht in einer täglichen Situation hilfreich eingreifen! Oder doch?

Glauben an Gott bedeutet auch Ihm zu vertrauen, also Ihn um Hilfe bitten. Es ist sehr wichtig zu wissen, daß diese einfache Methode funktioniert, und auch warum sie funktioniert.

Was passiert, wenn wir **für** den wütenden Chef, Randalierer, Ehemann beten? Wenn wir Gott um Hilfe bitten? – In der Regel beruhigt sich die aufgebrachte Person recht schnell.

Warum? Was ist passiert? – Durch das Gebet um göttlichen Schutz und Hilfe haben wir die heiße Leitung nach oben zu kosmischen Energien in Funktion gesetzt. Dadurch wird unseres niedriges, geschwächtes energetisches Potential verstärkt und die schützende Schicht der Aura gefestigt. (Manche empfinden diese Hilfe personifiziert durch Schutzengel, verstorbene liebe Verwandte).

Wir haben die Nerven behalten, unter Umständen sogar eine Energiesäule visualisiert oder irgendeinen anderen Schutz unbewußt errichtet. Ein Energieraub kann nicht mehr so leicht stattfinden, denn der Vampir nimmt instinktiv wahr, daß etwas sich geändert hat, daß wir uns nicht mehr in der Opferrolle befinden.

Wir haben aber auch **für den Vampir** gebetet, daß er sein Vorhaben, uns zu beleidigen, zu schlagen, ermorden, Gegenstände zerstören usw. aufgibt.

Was ist mit ihm passiert? Warum wurde er ruhig? – Durch unser Gebet werden bei diesem Menschen kurzfristig die Leitungen nach oben hergestellt. Das bedeutet, er bekommt die nötige Energie von oben. Sein Körper hat nicht verlernt diese Energie aufzunehmen.

Sein Vorhaben scheint ihm aus unerklärlichen Gründen nicht mehr erstrebenswert. Sein gewalttätiges Verhalten normalisiert sich, auch wenn es nicht von langer Dauer ist.

In diesem Verhältnis Vampir / Opfer gewinnt immer das Opfer, weil es durch die Umstände genötigt wird, eine höhere Macht um Hilfe zu rufen. Tut das Opfer das nicht, oder blockiert es die nahende Hilfe durch Zweifeln oder Angst, wird der Vampir sein Vorhaben durchführen.

Bittet das Opfer Gott vertrauensvoll um Hilfe, und ist diese für das Opfer eindeutig schnell und zuverlässig gekommen, dann ist das Glaubensproblem für diesen Menschen gelöst. Dadurch auch sein weiterer Lebensweg.

Es ist ratsam, Gott zu bitten, dem unglücklichen Vampirmensch all Seine Liebe zu geben, die er nötig hat, um eine Gesinnungsänderung zu bewirken, so daß die Seele dieses Menschen gereinigt wird und seine Verbindung zu Gott und seine lebenserhaltenden Energien wiederhergestellt werden können.

Das nenne ich intensive, aktive Hilfe, um das eigene wie auch das energetische Feld des anderen zu reinigen, zu heben, zu festigen.

Das ständige Kritisieren des anderen ist wieder eine sehr verbreitete Form des Vampirismus.

Die ständige Kritik bewirkt einen giftigen Kriegszustand, worunter auch die kritiksüchtige Person leidet. Sie wird zunehmend unglücklicher, was zu mehr Unzufriedenheit führt. Das spornt sie an, noch mehr zu kritisieren, alles um sich herum noch mehr zu beschatten, noch unglücklicher, noch kränklicher zu machen.

Da hilft nur ein einfühlsames Gespräch und die Bereitschaft, vor der eigenen Haustür zu kehren.

Wer sich nicht bemüht, Licht um sich zu verbreiten, verdunkelt sich zunehmend selber.

Das gilt für den Kritiksüchtigen wie auch für die, die unter seiner Kritiksucht leiden.

Auch in solchen Situationen ist der gedankliche Hilferuf nach Kraft, Schutz und innerer Ausgeglichenheit sehr wichtig, um dadurch vor Energieraub geschützt zu bleiben.

Mitleid

Das Mitleid ist ein etwas kompliziertes Problem.

Es ist uns allen bekannt, daß wir uns auf eine höhere Dimension zubewegen. Aus diesem Grund steigt die Intensität unserer energetischen Felder beträchtlich. Das führt wiederum zu einer Beschleunigung des individuellen Karmas.

Wenn wir jemanden für sein bedauernswertes Schicksal oder seine Krankheit be-mit-leiden, dann sind wir bewußt oder unbewußt nicht einverstanden mit seinem Leiden. Das aber, weil wir nur die Symptome sehen und nicht den Sinn und Zweck oder die Ursache seiner Erkrankung oder seines Schicksals. Das ist ein feiner, aber entscheidender Unterschied.

Wenn das äußerliche Mitleiden unser Inneres tangiert, können wir selbst krank werden, was wiederum nicht gottgewollt ist.
Wir schalten uns automatisch in das karmische Geschehen, ins Leben eines anderen Menschen ein, ohne zu wollen und oft ohne zu dürfen. Mitleid zu haben ist gut, also ihm zu helfen mit Rat und Tat, sofern beide angenommen werden, ist akzeptabel.
Mit-zu-leiden bedeutet, daß wir die göttlichen Gesetze in Frage stellen, die bestimmt haben, daß diese Krankheit notwendig ist für die seelische Entwicklung dieses Menschen. In diesem Zusammenhang ist **Mit-leiden** falsch.

Sexualität

Ein heißes Eisen ist die bereits akzeptierte Homosexualität und Lesbianismus. – Warum kommt es soweit? Was verursacht das Bedürfnis einen gleichgeschlechtlichen Partner zu lieben? Wie sieht das energetische Feld einer solchen körperlichen Liebe aus?

Es wäre bestimmt nützlich, zuerst die Abstufungen der Liebe zu erfahren:

1. Die Liebe zu Gott.

2. Die Liebe zum Nächsten: Mensch, Tier, Pflanze, Naturelemente.

3. Die sexuelle Liebe als Bruchteil der echten, erhabenen Vereinigung von Mann und Frau.

Wenn es an tiefer Liebe zu Gott und zu seinem Nächsten mangelt, dann fehlt dem Menschen etwas. Dieser Verlust wird so schmerzlich empfunden, daß er unbedingt kompensiert werden muß, durch eine Steigerung der sexuellen Liebe.

Onanie, Homosexualität, Lesbianismus, Masochismus, Sadismus, Fetischismus, Sodomie, Gruppensex, Geschlechtsverkehr mit Kindern, mit alten Menschen, sogar mit Toten, sind alle ein Symptom von Neurosen, ein Notbehelf gegen die geistige Unfähigkeit das andere Geschlecht zu lieben, sich selbst zu lieben, Gott und seine Schöpfung zu lieben.

Das heikelste Gebiet des menschlichen Verhalten ist die Sexualität. In einer richtig verstandenen Sexualität gibt es keine zwanghafte Suche nach Sicherheit, Geborgenheit oder Aggressivität. Es müssen auch keine Komplexe, Verdrängungen oder Ängste eliminiert werden.

Eine ausgeglichene Sexualität erfordert sehr viel Nächstenliebe, Verständnis, Ausgeglichenheit, Aufgeschlossenheit, Respekt und die Fähigkeit sich zu verschenken, ohne etwas dafür zu nehmen. Sie ist keine Kompensation für Schwächen und Ängste. Die Sexualmoral führt zur Reinheit und Tugend.

Energetisch gesehen, wird in einem normalen sexuellen Kontakt, also zwischen Mann und Frau, Energie frei. Diese sowohl typisch weibliche wie auch typisch männliche Sexualenergie bildet eine energetische Brücke für das werdende Leben. Diese energetische Brücke wird von der Seele des Kindes auch zu diesem Zweck benutzt, mit mehr oder weniger Erfolg.

Findet keine Befruchtung statt, verbindet diese Brücke weiter die Liebenden, indem diese Energie zur Ausgleichung ihrer Aurafelder genutzt wird, indem sie ihnen innere Zufriedenheit, Ausgleich und Harmonie, wie auch Ausdauer und Kraft vermittelt.

Bei der sexuellen Vereinigung von Mann und Frau findet eine Verschmelzung ihrer Sexualenenergien statt. Diese lösen sich gegenseitig auf, indem sie sich miteinander vermischen und verwandeln und kommen beiden Partner zugute, sollte kein neues Leben diese zur Inkarnation gebrauchen.

Bei gleichgeschlechtlichem Partnern, ob Männer oder Frauen, findet eine Anhäufung der männlichen oder weiblichen Energien statt, die zu keiner Auflösung oder Verwandlung kommen, sich weiter aufbauschen, sich verstärken und nach einer Verwandlung regelrecht verlangen. Oft führt das dazu, daß ein verstärktes Bedürfnis nach noch mehr Sex entsteht, was weiter mit gleichgeschlechtlichen Partnern stattfindet, was wieder nach mehr Sex verlangt usw. Dabei werden feine energetische Felder, die für die Liebesfähigkeit *für* das andere Geschlecht zuständig sind, zum Teil verletzt, zum Teil verändert.

Die häufigsten Ursachen der Homosexualität sind: Minderwertigkeitskomplexe, Frauenhaß (als Folge der Erziehung oder bestimmter Umstände) wie auch die geistige Entmännlichung (durch Frustration, Erniedrigung, Gewalteinwirkung, extrem autoritäre Erziehung, Minderwertigkeitsgefühle usw.)

Die Homosexualität ist eine Form der seelischen Impotenz. Der aktive Homosexuelle hat Geschlechtsverkehr mit einem männlichen Partner. Dieser stellt eine Frau dar, ohne selber eine Frau zu sein (die beide aus verschiedenen Gründen fürchten oder hassen zu müssen glauben).

Im Lesbianismus handeln und denken die lesbisch aktiven Frauen wie Männer, sie werden geistig zum Mann und spielen aktiv die männliche Rolle. Die passive Lesbe hat eine Lebenspartnerin, die den Mann darstellt, ohne selbst ein Mann zu sein, also ohne die Nachteile der verabscheuten Männer zu haben (Gewalt, Untreue, Aggressivität, Zwang, Alkoholismus).

In beiden Fällen finden wir eine geistige Unfähigkeit, das andere Geschlecht zu lieben.

Diesen Situationen, die wir in unserem Leben antreffen können, sollen wir mit Liebe, Verständnis und Aufgeschlossenheit begegnen. Tugendhafte Empörung ist fehl am Platz, denn auch alles Lasterhafte hat seine Motivation und seine Gründe.

Alle diese neurotischen Beziehungen, zu denen auch Lesbianismus und Homosexualität gehören, fördern aufgrund übermäßiger Anhäufung gleichgeschlechtlicher fortpflanzungsfähiger Energie erhebliche Störungen im energetischen Haushalt des materiellen und seelischen Körpers.

Diese Beziehungen führen oft zu großen gefühlsmäßigen Komplikationen, übermäßiger Eifersucht, Gewalt und Zwangsneurosen. Es ist inzwischen erwiesen, daß das physische Immunsystem mindestens eines der Partner von Jahr zu Jahr geschwächt wird und die Anfälligkeit für verschiedene Krankheiten mit dem Alter zunimmt.

Wenn die gleichgeschlechtlichen Partner sich inniglich lieben, ist diese Liebe fähig, einen Teil der zerstörten energetischen Felder zu regenerieren. Der geistige und körperliche Zerfall wird aufgehalten.

Alle oben genannten sexuellen Abweichungen gehören zu diesem Programm der Selbstzerstörung der Menschheit, das die Degenerierung geistiger und materieller Feldstrukturen fördert.

Die energetischen Felder dieser Menschen degenerieren immer mehr, und, sollten sie doch Kinder bekommen, wird ihnen diese Schädigung vererbt. Ihre Kinder tragen in sich selbstzerstörerische energetische Felder. Diese manifestieren sich deutlich in ihrem Schicksal und auch Verhalten.

Einige Leitgedanken

Nachdem man das alles gelesen hat, gewinnt man leicht den Eindruck: "Aha! Das ist wieder so eine einseitige Sache! Genauso wie die anderen meinen, eine Krankheit käme nur von der falschen Ernährung oder nur von Umweltgiften, so glaubt diese Frau, alle Krankheiten kommen nur von unguten Taten oder Gedanken und alles andere hat keinen Einfluß darauf."

Nein. So stimmt es wieder nicht. – Ich bin überzeugt, daß **die Ursache, die Wurzel** aller Erkrankungen im geistigen, seelischen und emotionellen Leben der Betroffenen zu finden ist. Dies wurde mir in unzähligen bildlichen Visionen wie auch vermehrt in der täglichen Praxis gezeigt. Es ist also weder meine Meinung, noch meine ausgedachte, konstruierte Hypothese, daß es so sein könnte.
Diese Überzeugung basiert nicht nur auf dem, was mir gezeigt wurde, sondern auf vielen praktischen Situationen, auch bei Personen, mit denen ich arbeite, wo ich in der Realität die Richtigkeit dieses Geschehens feststellen konnte. Warum gerade ich das erfahren durfte, ist mir schleierhaft, da ich meiner Meinung nach, über keine besonderen Fähigkeiten verfüge.
Selbstverständlich hat sowohl die Ernährung, mangelnde Vitaminversorgung, wie auch ein belasteter Schlafplatz, Rauchen, Alkohol, mangelnde Bewegung und sonstige Süchte einen Einfluß auf eine energetischen Blockade. Diese existiert aber schon vorher und wird nicht erst durch die obengenannten Einflüsse erzeugt.

Es gibt keine Krankheit, die nicht eine seelische Ursache hat, ob in diesem oder im vorigen Leben – egal, in welchen Umfang Vitaminmangel, falsche Ernährung, ungute Umwelteinflüsse usw. sich noch daran beteiligt haben.

Es ist bequem, die Verantwortung über das eigene Schicksal einem Arzt in Weiß zu übergeben, brav irgendwelche Pillen zu schlucken und jegliche Verbindungen mit dem eigenen Körper, Gefühlen und Taten zu unterdrücken.

Jeder, der das tut, vergißt, daß er selbst für seine Erkrankung die Schuld trägt. Er hat jahrelang an ihr gearbeitet, er hat sie gezüchtet und groß werden lassen, er hat sie durch seinen Lebenswandel genährt.

So wie er für ihre Entstehung gesorgt hat, so soll er jetzt auch bereit sein, an seiner Auflösung zu arbeiten. – Wer sich aus Bequemlichkeit weigert, dies zu tun, wird nicht auf Dauer gesund. Er wird die Krankheit vor sich herschieben, ohne nachzudenken, daß noch mehrere ungelöste Blockaden sich dazugesellen können. Das wird seine angeschlagene gesundheitliche Situation erst recht hoffnungslos erscheinen lassen. Wenn dann noch der Arzt, als Gott in Weiß, sein endgültiges Urteil über das Schicksal eines Menschen gefällt hat, dann hat der unmündige Patient nichts mehr zu lachen.

Da die Ärzte selbst überarbeitet sind und ganz wenig Zeit haben, werden sie sich hüten, einem Patienten, der für sie ein hoffnungsloser Fall ist, andere Möglichkeiten oder Methoden zu erwähnen, von denen sie selbst kaum etwas Genaueres wissen.

Es ist dennoch nicht so, daß wir die etablierte Medizin gar nicht brauchen.

Ist eine Krankheit so schwer im Körperlichen verankert, daß Lebensgefahr besteht, muß die chemische Keule her oder operiert werden, denn es geht um das Leben eines Menschen.

Sind die Schmerzen ins Unerträgliche gestiegen und keine ausprobierten natürlichen Schmerzmittel bringen Linderung, dann sollte ein chemisches Schmerzmittel eingenommen werden.

Ist das Fieber so hoch, daß Lebensgefahr besteht – und kann es sonst noch so wichtig für die Bekämpfung der Krankheit sein –, es soll durch ein pharmazeutisches Mittel gesenkt werden, wenn die üblichen Naßtücher-Einwickel-Methoden versagen.

Nachher kann man immer noch an der vorhandenen Blockade arbeiten, die Ursachen der Erkrankung ergründen, nach Möglichkeiten der vollständigen Heilung suchen.

Es gehört sehr viel Mut dazu, wenn ein kranker Mensch sein Schicksal selbst in die Hand nimmt. Man sollte bedenken, daß er bis jetzt allen anderen Menschen, Situationen usw. die Schuld an seiner

Krankheit, seinem Leben, seinem Glück und Unglück gegeben hat, und **nie sich selber**. Er war nie schuld, immer die anderen. Jetzt, da er merkt, daß es nicht so leicht ist, wie er sich das vorgestellt hat, mit ein paar Pillen gesund zu werden, jetzt ist er auch bereit, sich selbst Fehler einzugestehen. Diese Bereitschaft wird durch seine nicht heilenwollende Krankheit gefördert. Sie bringt ihm längst vergessene ungelöste Probleme, Streitigkeiten, Groll und Ärger, welche erledigt werden wollen, in Erinnerung.

Abgesehen von der Geistheilung, die, richtig angewendet, wahrhaftige Wunder vollbringen kann, hat die alternative Naturmedizin reichhaltige und komplexe Möglichkeiten zu bieten, die eine effektive Hilfe darstellen. Je nach Bedarf kann man sich für verschiedene Hilfsmittel entscheiden, um energetische Blockaden in ihrer Auflösung zu beschleunigen, zu erleichtern oder zu verzögern, bis ganz zu unterbinden. Wir haben eine reiche Auswahl: Dufttherapie, Edelstein-, Farben-, Fieber-, Klangtherapie, Akupunktur, Dr.Bach-Blüten-Essenzen, Orchideen-Essenzen, Homöopathie, Reiki, Kräutermedizin, bewährte Hausmittel usw. und noch viele, viele andere alternative Methoden, die erfolgreich angewendet werden können.

Unser energetisches System ist sehr dynamisch und gelehrig. Es verfügt über einen Stoffwechselprozeß wie auch über ein geistiges Immunsystem. Seine Reaktionen sind oft unberechenbar, da wir die Hintergründe einer plötzlichen Erkrankung oder plötzlichen Heilung nicht ohne weiteres nachvollziehen können.
Darum darf ein Heiler nur mit Ehrfurcht und Vorsicht arbeiten, damit er auch wirklich einem Patienten hilft, also die **Ursache** seiner Erkrankung beseitigt und nicht die Symptome, wie es allzu oft der Fall ist.

Man sollte wissen, daß eine Blockade auch vom Körperlichen her, in den energetischen Bereich eingreifend, geheilt werden kann.
Eine Ernährungsumstellung kann eine Blockade lockern bis auflösen, kann aber auch eine sofortige Verankerung im Körperlichen verursachen. Das bedeutet vorübergehend eine erhebliche Verschlechterung des gesundheitlichen Zustandes des Patienten. Ein chronischer Vitaminmangel kann viele Blockaden verstärken.
In diesem Zusammenhang möchte ich erwähnen, daß wir Menschen unfähig sind, Vitamin C in unserem Körper selbst herzustellen, wie alle Tiere es tun, mit der Ausnahme des Meerschweinchens.

Eine ausreichende Versorgung mit Vitamin C ist unerläßlich, um Herzinfarkt, Schlaganfall, Arteriosklerose, Krampfadern und anderen Herz-Kreislauf-Erkrankungen vorzubeugen.

Bei einer schwachen Unpäßlichkeit reicht es, gute symphonische Musik zu hören, eine bestimmte Farbe auf der Haut zu tragen oder eine Halbedelsteinkette, um diese aufzulösen bzw. die Heilung einzuleiten.
Schwere Blockaden (lies: Krankheiten) brauchen oft strenge Rohkostnahrung, um ihre weitere Auflösung im materiellen Körper zu stoppen oder ihre Heilung sanft voranzutreiben. Eine gezielte Entgiftung des Körpers vollbringt fast Wunder, wenn diese die Ursache einer Erkrankung ist.
Je nach dem geistigen Zustand des Kranken können Bachblüten-Essenzen unterstützend wirken, um seine Bereitschaft, die eigenen Gedankenmuster neu zu gestalten, zu verstärken.
Es ist tatsächlich so, daß eine überstandene Krankheit sogleich eine Gesinnungsänderung mit sich bringt, ob die betreffende Person das merkt oder nicht. Umgekehrt kann man eine Krankheit heilen, indem man eine Änderung seiner unguten Gedanken und Überzeugungen herbeiführt, die diese Krankheit verursacht haben.

Wie man leicht feststellen kann, ist das geistig-energetische System, verankert in unserer Seele, aufs engste mit unserem materiellen Körper verbunden, und beide verfügen über einen dynamischen, lebendigen Stoffwechselprozeß, der die Fähigkeit hat, auch für den anderen Bereich Aufgaben zu übernehmen.

Es ist sehr wichtig, daß wir nicht nur auf die körperliche Hygiene achten sondern auch zunehmend unsere geistige Hygiene nicht vernachlässigen.
Wenn wir schon auf das tägliche Fernsehen und Zeitunglesen nicht verzichten wollen, sollten wir schon mal einen fernsehfreien Abend und als Ausgleich ein aufbauendes Buch einschalten, um unsere Seele vom geistigen Müll (sprich: Mord und Todschlag, Überfälle, Schlägereien, brennende Wälder, Unglücksbotschaften aller Art usw.) zu reinigen.
Vor der Menschheit stehen große Zukunftsprobleme und Ängste. Allgemein stehen an erster Stelle: die Angst vor einem Nuklearkrieg, vor einem Super-GAU, vor ökologischen Veränderungen bis Katastrophen, die Angst vor der wachsenden Kriminalität, Arbeitslosigkeit usw.

Wir vergessen, daß die Welt, die wir sehen, ein Spiegel von uns selbst ist. Wir haben es selbst gestaltet durch unser unvernünftiges Denken. Und nur, wenn wir bereit sind, uns und unsere Gedankenwelt zu ändern, wird sich auch die Welt ändern.

Das klingt wie eine allgemein bekannte Weisheit, die eine deutliche unangenehme Frage aufwirft, nämlich: Angenommen, wir wären bereit dazu... –

Was sollen wir ändern?

Wenige sind sich dessen bewußt, daß, was sie denken, auch anziehen und dem Gedanken helfen, Realität zu werden. Sie nähren durch ihre Gedankenkraft, durch ihre Angst oder Bosheit ungute Energiefelder und helfen tätig mit, daß diese Gestalt annehmen, und sich genauso manifestieren, wie diese erdacht wurden.

Um die Welt zu ändern oder sie zu beeinflussen, müssen wir sie verstehen. Wir müssen wissen, unter welchen Gesetzen sie sich gestalten läßt, wie sie funktioniert und in welchem Verhältnis sie auf die Reichweite unseres Tuns reagiert.

Um die Reichweite unseres Tuns zu erkennen, müssen wir feststellen, inwiefern wir uns selbst von der Welt beeinflussen lassen, also in welchem Grad wir von ihr abhängig sind:

Wie steht es mit unserer Bereitschaft, ohne Zigaretten, Bier, Fleisch, Kaffee, Fernsehen, Rockmusik, Auto, Computer, Telefon usw. zu leben?

Verschiedenes

Wie erklärt sich die Langlebigkeit mancher Menschen? – Die Nahrung ist meist einfach, obwohl verschieden. Jeder hat ein anderes Rezept für ein langes Leben parat.

Das was alle Hundertjährigen gemeinsam haben, ist ein gutes Herz. Diese Menschen können nicht lange böse auf andere sein. Sie finden immer eine Entschuldigung, warum die anderen so aufgeregt, ungeduldig, unbeherrscht oder aggressiv reagieren, und verzeihen der betreffenden Person meist sofort. Sie fühlen sich meist gar nicht beleidigt oder angegriffen. – Ja, das muß ich auch können, werden Sie sich denken.

Die Menschen, die sehr viel über andere schwätzen und sich an Tratscherei gerne beteiligen oder die Gewohnheit haben, Haarspalterei zu betreiben, gepaart mit einer pessimistischen Lebensanschauung, haben meist schlechte Zähne oder zumindest Probleme mit den Zähnen. – Wie oft reden wir selbst schlecht über andere, ohne daran zu denken, daß es uns selbst schaden könnte.

Die Menschen, die in einem bestimmten Gebiet leben, haben sich ein kollektives Karma erschaffen. Dieses Karma ist die Ursache für bestimmte Ereignisse, die in der Zukunft stattfinden werden (bzw. stattgefunden haben) und dadurch das Schicksal der betreffenden Menschen entscheidend beeinflussen. Auch werden Menschen mit ähnlichem Karma gehäuft in ein bestimmtes Volk hineingeboren, dessen Schicksal schon feststeht.

Das kollektive Karma kann sich auch ändern oder verschieben, wenn mehrere einzelne Personen oder Personengruppen sich für einen spirituellen Weg entscheiden und dadurch ihr individuelles Karma ins Gute verändern. Da aber eine ganze Nation nicht so schnell einen spirituellen Weg einschlagen kann, bleibt es jedem einzelnen freigestellt, in welchem Umfang er dazu beitragen will, das eigene Schicksal, das seines Volkes und das der Menschheit zu ändern.

Das Karmageschehen ist dynamisch und läßt sich beeinflussen. Alles liegt in der Hand des Menschen und in seiner Bereitschaft, geistige Gesetze der Nächstenliebe zu akzeptieren und zu befolgen.

Das Problem liegt nicht darin, ob der Mensch an Gott glaubt oder nicht. Das ist eine Sache der Information.

Erstrangig ist die Tatsache, daß universelle Gesetze existieren, die mit dem Glauben an eine höhere Macht verknüpft sind. – Ob für einen Menschen diese Macht Gott, Allah, Jesus Christus, Buddha, Manitu, Maria oder wie auch immer heißt, ist zweitrangig.

Wer nicht bereit ist, ethische Verhaltensweise als notwendig zu akzeptieren und danach zu leben, wird bestraft. Dessen Kinder degenerieren zuerst geistig, dann seelisch, dann körperlich. Das ist ein geistiges Gesetz, das automatisch in Kraft tritt, wenn die Voraussetzungen dazu geschaffen worden sind.

Unsere Gefühlswelt, Ärger, Streit, Freude, Leid, Unglück, Liebe, usw. lassen sich in Möbeln, Gegenständen, Wänden, Häusern nieder. Ein hellsichtiger Mensch kann stundenlang, nur durch das Abfragen eines Gegenstandes, erzählen, was in der Umgebung dieses Gegenstandes passiert ist. In England nennt man das Psychometrie.

Das ist der Beweis, daß unsere Umgebung verschiedenartig bestückt ist mit guten und unguten Energiefeldern, die wiederum fähig sind, Informationen zu speichern, und bereit sind, diese Informationen latent auszustrahlen, aber auch auf Abruf weiterzugeben.

Durch eigene und fremde Schwingungen werden wir ständig beeinflußt. Diese setzen sich fest in Teppichen, Wänden, Schränken, Fernsehgeräten, Computern, Kühlschränken, Blumen, Pflanzen und vielen anderen Gegenständen. Unsere anscheinend leblose Umgebung wirkt auf uns, angenehm oder unangenehm.
Wenn ein Gerät kaputtgeht, kann man es manchmal mit gutem Zureden wieder im Gang bringen. Eine amerikanische Firma tut das, indem sie sich als Gerätedoktor spezialisiert hat, und das mit sehr großem Erfolg.
Ein Computer ist keine Sache. Er reagiert wie ein lebendes Wesen, hat Sympathien wie auch Antipathien. Mit manchen Menschen möchte er nicht arbeiten. Er geht kaputt, er wehrt sich, indem er der Person, die mit ihm arbeiten will, Müdigkeit oder Kopfschmerzen verursacht. Das gilt auch für andere Geräte, die in unserem Haushalt oder am Arbeitsplatz in unserer unmittelbaren Nähe sind.

Man fühlt sich wohl in einem Haus, in einem Zimmer, in einer Gegend, oder auch nicht. Es findet sogar eine telepatische Brücke statt nach dem Gesetz der Resonanz: Unser Zimmer oder Haus oder Garten, das oder der unsere eigene Schwingung reichlich aufgenommen hat, meldet durch einen kurzen Geistesblitz, ob jemand da war, ob wir das Licht haben brennen lassen, ob die Tür verschlossen ist usw.
Das ist bestimmt jedem mal passiert, daß er plötzlich denkt: Oh, ich habe dies oder das im Haus vergessen oder liegengelassen. Oder könnte es sein, daß gerade jetzt X oder Y vorbeikommt, wenn ich nicht zu Hause bin?
Die Hausgegenstände wie auch das Haus selbst besitzen die Fähigkeit, Glück oder Unglück, Schutz oder Diebe usw. magisch anzuziehen. Das hat einen engen Zusammenhang mit den Schwingungen, die in diesem Haus vorhanden sind, aber auch mit der Bereitschaft des Hauses, sich seinen Bewohner mitzuteilen, diese anzunehmen oder abzuwehren. Manche Häuser sind immer noch von ihrem alten Besitzer bewohnt, obwohl diese schon seit langen verstorben sind. Erst wenn der alte Geist endlich auszieht, kann man sich in diesem Haus wohlfühlen.

Wenn Jugendliche Pop, Rock oder Technomusik hören – was übrigens tödlich wirkt auf jede Pflanze – sollte man wissen, daß eine massive Störung des Verhaltens bis hin zur Drogeneinnahme, Besessenheit, Mord und Selbstmord mit der Zeit auftreten kann. Entsprechende informative Bücher über die seelische und körperliche Wirkung dieser Musik sind im Handel zu bekommen.

Sogar ein Buch auf dem Schreibtisch beeinflußt durch seinen Inhalt unsere Nachtruhe, geschweige denn Videokassetten oder auch ein Fernseher auf Standby. – Klingt nicht so realistisch? Sehen wir mal, wie das in der Praxis geht!

Wenn wir uns einen Film mit Gewalt oder Grausamkeiten anschauen, der in uns Angst, Ekel, Wut, Verzweiflung oder Abscheu hervorruft, dann sind wir mit unseren Gedanken da. Nach dem Prinzip der Resonanz nähren wir mit diesen Gedanken große Felder destruktiver Energie, sie seelische Entität, die wir im Kapitel "Das negative Potential" als Dämon bezeichnet haben.

Indem wir diese Gefühle empfinden, nehmen wir Kontakt mit dieser bösen Gestalt auf, wir öffnen unsere Aura und unsere Energiefelder dafür. Diese peilt uns an, wir werden von seinem destruktiven Gefühl "überflutet". Wenn wir bei eingeschaltetem Fernseher einschlafen oder dieser auf Bereitschaft steht, werden wir latent, im Schlaf, ohne unser Wissen bearbeitet.

Was passiert? Aus einer Mücke wird ein Elefant. Aus einem zornigen Schüler wird ein Amokläufer, aus dem wütenden Sohn ein Mörder, aus einem verzweifelten Vater ein Todesschütze, aus einer enttäuschten jungen Frau eine Selbstmörderin usw. Nachher können sich diese Menschen nicht erklären, warum sie solch extreme Gefühle der Wut, Verzweiflung, Mord und Totschlag empfinden konnten.

Es ist sehr schwer, in einem Zustand der fröhlichen, friedlichen Menschen zu verharren. Man sollte trotzdem immer wieder versuchen, eine gewisse Gelassenheit anzustreben. Ist das nicht möglich, dann ist es klug, Situationen aller Art zu meiden, die uns innerlich aufwühlen, verunsichern, verletzen und aufbauende Situationen, schöne Musik, helle angenehme Atmosphäre, harmonische Menschen, ein fröhliches, lebensbejahendes Buch, einen Malkurs usw. aufzusuchen, um gute, harmonische Gedanken zu stabilisieren.

Das Ausmaß der destruktiven Gefühle ist extrem geworden. Wie eine lebendige Wesenheit, wie ein Raubtier auf der Lauer warten sie auf uns, auf die günstige Gelegenheit, ihr Opfer zu überfallen. Es ist sehr wichtig zu wissen, daß es so etwas gibt, daß es existiert, real ist, wahrnehmbar und gefährlich.

Gedanken sind Kräfte!

Die Wahrheit ist traurig: Wir können heute von keinem Denksystem eine Zauberformel erhalten, die uns helfen kann, in kurzer Zeit eine radikale Änderung unseres Gedankenmusters, unserer Gewohnheiten und unserer falsch verstandenen Spiritualität zu erreichen.

Die heutige Welt lebt und strebt nach materiellem Vergnügen in allen Bereichen, um jeden Preis, und bekämpft alles, was sie daran hindern kann. Das Geistige und der emotionelle Bereich wie die gelebte Nächstenliebe haben keinen Wert, weil sie zeitraubend sind und keine offensichtliche sofortige gewinnbringende Wirkung zu erwarten ist. Der moderne zivilisierte Mensch befindet sich in seelischer Not, er leidet dramatisch an chronischer Lieblosigkeit in jedem Bereich seines Lebens: zu Hause, am Arbeitsplatz, unterwegs dahin und zurück, im Urlaub, ... Er ist innerlich versteinert, denn ihm fehlt es an Zuneigung, an Vertrauen, an Zuversicht, an Hoffnung, an Liebe!

Warum soll er jemanden anlächeln? – Damit verdient er keine müde Mark.
Warum soll er jemanden trösten? – Er wurde nie getröstet.
Warum soll er jemandem helfen? – Ihm hilft niemand.
Warum soll er freundlich sein, wenn alle ihn anknurren?
Warum soll er Vertrauen haben? – Er wurde immer betrogen.
Warum soll er an eine schöne Zukunft denken? – Die gibt es nicht.
Warum sollte er seine Liebe schenken? – Er hat keine Zuneigung bekommen.

Wollen wir uns mit dieser hoffnungslosen, von vielen unglücklichen Menschen vorprogrammierten Zukunft abfinden? Sie als gegeben akzeptieren? – Wenn wir sie für **nicht erstrebenswert** halten, müssen wir nicht sofort handeln, um diese noch rechtzeitig zu ändern...?

Bemühen wir uns, jeden Tag Liebe zu verströmen, zu den Menschen, Pflanzen, Möbeln, daheim und am Arbeitsplatz, während der Fahrt mit dem Auto oder Bus, wohlwissend, daß diese Liebe hundertfach zurückkommt, von Tag zu Tag immer mehr!

Bemühen wir uns, niemandem die Schuld zu geben, wenn etwas in unserem Leben nicht so funktioniert, wie wir es erwarten!

Bemühen wir uns, unsere Unzufriedenheit und Kampfbereitschaft umzuwandeln und die täglichen Situationen so zu akzeptieren und so zu nehmen, wie sie auf uns zukommen!

Bemühen wir uns, dankbar zu sein für alles, was wir umsonst erhalten und was unser Leben verschönert: die strahlende Sonne, das Zwitschern der Vögel, die Blumen, die Bäume, den blauen Himmel, den fruchtbaren Regen, die frische Luft, unsere Gesundheit, unsere Kinder, unser Leben...! Denn diese Geschenke sind gar nicht so selbstverständlich, wie wir annehmen.

Bemühen wir uns, immer mehr Licht und Liebe um uns herum zu verbreiten, denn mit einem liebevollen Lächeln können wir die kleine Welt um uns herum ändern! Wir können damit Trost spenden, Hoffnung erwecken, einen Streit vermeiden und vielen Menschen, denen wir begegnen, Kraft und Freude schenken.

Fangen wir damit an!

Jetzt!

Pfingsten 1999 – Vision über der Erde

Mir wurde die Erde gezeigt mit ihren drei wichtigen Schichten. Ich sah eindeutig vor mir den seelischen Zustand des Planeten mit Blockadenbildern.

Der Kreis um die Mondlaufbahn war fast leer. Alle energetischen Blockaden aus diesem Bereich (Karmabereich der Erde?) schienen sich stark nach unten zu verlagern. Ursache war eine herrlich leuchtende, glitzernde Wolke, die sich im äußeren Bereich um die Erde befand. Das war so wunderschön anzuschauen, daß mich das auch jetzt immer noch sehr glücklich macht, wenn ich daran denke.

Die unterste Schicht um die Erde war fast komplett schwarz, äußerst bedrohlich und furchteinflößend. Ich tauchte etwas tiefer in diese Schicht hinein und nahm wahr, wie hin und wieder ein feines Fünklein durch diese schwarze Schicht nach oben stieg.
Mir wurde gezeigt, daß diese Funken Lichtgedanken sind, deren Ursprung vornehmlich die Gebete der Menschen sind, die, vom Glauben an Gott geleitet, für die Rettung des Planeten und für eine Gesinnungsänderung der Mitmenschen beten. Selbstverständlich gab es noch viele andere Gebetsmotivationen, es waren aber vorwiegend Menschen, die für die anderen beteten.

Diese feinen Fünklein flogen durch die schwarze Schicht zu dieser herrlichen weißen Wolke, und mir schien, als ob sie etwas darin auslösten. Aus der weißen Wolke schien sich eine unsichtbare Strahlung zu lösen in Richtung Erde.
Sobald diese Strahlung die pechschwarze Schicht erreichte, wurde diese heller, also von pechschwarz zu dunkelgrau, manchmal auch zu einem helleren Grauton. Das passierte aber nur am äußeren Rand, der der weißen Wolke zugewandt war.
Als ich auf die schwarze Schicht, die die Erde umarmte, sah, erschrak ich. Es sah dramatisch aus. Irgendwie verstand ich, daß es sein muß, und tiefe Traurigkeit erfaßte mich.

Als ich die wunderschöne weiße Wolke sah, wußte ich in meinem Inneren, als ob man mir das gesagt hätte, was es zu bedeuten hatte. Es war das neue Bewußtsein des Planeten nach der vollendeten Reinigung der Erde.

Das erstaunte mich nachher sehr, daß dieses neue Bewußtsein der Menschheit und der Erde schon jetzt so wunderschön und schon festgelegt ist.

Es schien, daß eben diese weiße Wolke die Kraft hatte, die Auflösung der schwarzen Schichten zu beschleunigen, diese nach unten, Richtung materielle Erde zu drücken, damit sie sich ins Materielle verankern.

Mir wurde bewußt, daß uns eine arbeitsreiche Zeit bevorsteht, um die Erdkatastrophen durch positive Gedanken und Taten abzumildern.

Gott möge uns weiterhelfen!